POÉSIES

C.

POÉSIES

DU

D. BOUTREUX

EX-CHIRURGIEN INTERNE DES HÔPITAUX D'ANGERS ET DE PARIS
ANCIEN CHIRURGIEN AIDE-MAJOR DES ARMÉES IMPÉRIALES, EX-MÉDECIN
DES ÉPIDÉMIES DU CANTON DE CHALONNES.

TROISIÈME VOLUME

ANGERS
IMPRIMERIE DE COSNIER ET LACHÈSE
CHAUSSÉE SAINT-PIERRE 13

1860

AU LECTEUR.

———

A tes regards, à ton esprit
Je présente des vers encore ;
Ce volume récent te dit
Que je suis loin de mon aurore.
Il vient te prouver que les ans
Ont chez moi porté le ravage ;
Ont sur ma raison et mes sens
Jeté plus d'un fâcheux nuage !

1

Je fus bien hardi, j'en conviens,

Et dois appeler la censure;

Mais de tous mes concitoyens

L'esprit indulgent me rassure.

En vain les champs ont les attraits

De la plus suave nature,

Pour mes yeux je crains à jamais

Le soleil, le vent, la froidure;

Du matin au soir prisonnier,

Au sein de mon humble retraite,

J'ai voulu me désennuyer

Avec ma muse un peu follette.

Pour ne pas fatiguer mes sens

Que lasseraient de trop longs rêves,

Je ne travaille pas longtemps,

J'aime les œuvres les plus brèves.

Si mes vers sans charme, sans goût,

Abusant de ta patience,

Te versent l'ennui, le dégoût,

Lis mon recueil par pénitence.

A M. LE GÉNÉRAL B...

Devant l'auréole si belle
Que sur ton front noble et chéri
Elève la gloire immortelle,
Le regard s'arrête ébloui ;
Des insignes qui te décorent
Les reflets que nous admirons,
Devant ces beaux feux qui t'honorent,
Ne sont que de pâles rayons.

Ainsi que la fière Bellone,
De la science et des beaux arts
Le génie heureux te couronne
De lauriers chers à nos regards.
Euterpe et la sage Uranie,
Sur toi versèrent des bienfaits
Dont ta suave modestie
Relève encore les attraits.

Devant ta splendeur militaire,
Les lumières de ta raison,
En toi le pays considère
L'objet de vénération;
Devant ton esprit agréable,
Devant ta franche loyauté,
Ta bienfaisance inaltérable
On t'aime avec sincérité.

Au sein d'une famille aimable
Où l'âme vibre à l'unisson

Non, non, rien n'est plus délectable
Que le parfum de ta raison ;
Chacun aime de ton parterre
La fleur au pétale si frais ,
Mais ce qui bien mieux sait nous plaire
C'est l'esprit qui brille au Frénais.

Comme à la salle ravissante,
Sous l'humble toit du laboureur
Ta raison toujours séduisante
Projette un rayon enchanteur ;
Ainsi la fraîche violette
Nous charme, nous ravit toujours,
Au fichu de la bergerette ,
Comme aux plus somptueux atours,

Devant la classe prolétaire ,
Devant le bon cultivateur ,
Ton âme douce, populaire,
Toujours épanche le bonheur ;

Oui, l'ouvrier contemple un père
Dans le plus sage bienfaiteur,
Et dans ton âme si prospère
Il voit la plus aimable fleur.

Un peuple fier t'a mis au faîte
De ses plus nobles sommités ;
A ses regards ton nom reflète
De la noblesse les beautés ;
Non, jamais un coupable rêve,
Sur nos rives ne brisera
Le beau piédestal où s'élève
Ton image qu'on bénira !

A LA MÉMOIRE

DE

PIERRE FLEURY.

De même que l'affreux orage
Renverse, brise de ses coups
L'arbre chéri, l'heureux ombrage
Qui donnait les fruits les plus doux ;
De même, hélas ! dans sa furie,
La mort sur les bords Chalonnais
A frappé la tête chérie
Qui versait partout les bienfaits.

La nature au plus digne maire
Avait prodigué ses faveurs,
Avait dispensé l'art de plaire,
Les attraits les plus enchanteurs ;
De Fleury l'esprit agréable
Semait le plaisir, la gaîté ;
Le monde le plus honorable
Appelait son aménité.

Oui, rien n'était plus admirable
Que la lueur de sa raison ;
On a vu son reflet aimable
Briller en toute occasion ;
Au Conseil général, ce maire,
Comme au sein du notariat,
Fit toujours de cette lumière
Resplendir le superbe éclat.

Sa radieuse intelligence
Venait s'épancher en bienfaits

Qu'en tous lieux la reconnaissance
Ira proclamer à jamais ;
On publiera qu'il fut le père
De la classe en butte au malheur,
Que si Chalonnes est prospère,
Il le doit à ce bienfaiteur.

Que de lumières précieuses
Il répandit habilement
Au sein des routes nébuleuses
Où les débats mènent souvent !
Il oubliait sa maladie,
Le cri des plus chers intérêts,
Lorsque de la philanthropie
La voix commandait ses bienfaits.

Devant le plus dur sacrifice,
Les dégoûts, le triste labeur,
Il voyait toujours le délice
Que savoure un généreux cœur ;

Toujours, toujours de la vengeance ,
De l'injustice l'ennemi ,
Il servait avec complaisance
L'homme qui l'avait desservi.

L'heureux abri que la souffrance,
Dans un hospice trouvera ;
Un pont fertile en bien immense,
Les belles routes qu'on rêva ;
L'aspect riant de notre ville ,
De vastes prés qu'on a rendus,
Vont acclamer d'un maire habile
Et les talents, et les vertus.

Il fut le pilote honorable
Qui loin des brisants si nombreux
De sa lumière favorable
Guide un nautonnier soucieux ;
Il fut pour nous cet heureux phare
Qui du nocher fait le bonheur ,

A travers les flots où l'égare
De la tempête la fureur.

Au sein du trouble populaire,
Au sein de flots tumultueux,
A son aspect grave, sévère,
Soudain naissait le calme heureux.
On rêvait au divin Neptune
Apaisant les flots, les autans
Avec sa présence opportune,
Avec des regards imposants.

Investi de la confiance
Il dissipait rapidement,
Au gré d'une belle prudence,
Les nuages du différend;
Dans ce dédale où nous appelle
De nos lois l'esprit nébuleux,
Par la lumière la plus belle
Il guidait les pas ténébreux.

En lui d'une étoile prospère
On voyait la douce clarté
Sur la dangereuse carrière
Où domine l'iniquité ;
Sous une lumière propice
Son cœur était l'aimable fleur
Qui laisse émaner le délice,
L'arôme le plus enchanteur.

Si l'on vit plus d'une bannière
Le rallier à sa couleur,
C'est qu'il rêvait le sort prospère
D'un pays bien cher à son cœur;
Il voyait du pouvoir suprême
Découler sur le Chalonnais,
Sur l'objet de son zèle extrême,
Des faveurs, d'immenses bienfaits!

Les nobles vertus qui sans cesse
Le signalèrent à nos yeux,

D'une famille enchanteresse
Furent le legs délicieux.
Oui, ses aïeux dont la mémoire
Brille ici d'un éclat certain;
Ont des vertus, ont de la gloire
A ses pas ouvert le chemin.

Une abnégation constante,
Des talents à jamais perçus,
De l'âme la plus bienfaisante
L'éclat, les célestes vertus,
Voilà ce que la mort affreuse
Nous ravit, hélas! pour jamais;
Voilà pour la foule nombreuse
Le sujet d'éternels regrets.

D'une carrière bien remplie,
Empreinte de faits enchanteurs
Présentons à l'âme assombrie
Le tableau cher aux nobles cœurs;

Là, furent ses droits à l'estime,
Au suffrage le plus flatteur;
Là, d'un cœur généreux, sublime,
On voyait resplendir l'honneur.

Jusqu'à la fin de sa carrière
Il montra son zèle divin;
Les travaux accablants du maire
Ont brisé son noble destin;
Comme un soldat qui sur la brèche,
Au champ d'honneur a su périr,
Fleury du sort bravant la flèche
A son poste voulut mourir.

Ah! puisse un Dieu bon, tutélaire,
Etre touché dans ce moment
D'une bienfaisance exemplaire,
Qu'on doit pleurer bien tendrement;
Puisse-t-il en juge propice
Décerner un prix de bonté

A l'âme qui fit son délice,
Son culte de la charité.

Adieu, Fleury, dont la mémoire
En nos cœurs doit vivre à jamais;
En beau crépuscule, ta gloire
Vers nous projette ses reflets;
De ta noble philanthropie
Le parfum dans notre horizon
Va s'élancer en ambroisie,
En suprême émanation.

AUX MANES DE L. G...

—◆—

Il n'est donc plus ce jeune ami
Pour qui semblait devoir éclore
Tout ce qui vient charmer l'ennui !
Il est tombé dès son aurore,
Il est tombé comme ces fleurs
Que viennent battre les orages ;
Il laisse au fond de tous les cœurs
De noirs soucis, d'affreux nuages.

Lorsque sa vie était en fleur,

Lorsque nos yeux voyaient paraître

Le germe divin, enchanteur

Que des lumières faisaient naître,

Une brise qu'on maudira

Toujours aux rives de la Loire,

Oui, pour jamais nous attrista ;

Pleurez, ô filles de mémoire !

Comme un palmier jeune et riant,

Dans un horizon sans nuage

Il portait son front noblement,

Il promettait l'heureux ombrage ;

De la mort l'autan furieux

Vint briser une noble tête ,

Vint briser le front gracieux

Qui semblait braver la tempête !

Ainsi qu'un limpide ruisseau

Sur l'arène la plus brillante,

2

Il devait par un cours très-beau,
Suivre la plus heureuse pente ;
Le souffle glaçant du trépas
Vint enchaîner un cours suave,
Enchaîner à l'instant des pas
Que toujours devait fuir l'entrave.

A ses parents que la douleur
Doit accabler toute la vie ;
Aux nombreux amis dont le cœur
Du sort accuse la furie,
Louis dont la vie à nos yeux
N'est qu'une fugitive aurore,
Dans un nuage ténébreux
Apparaît en doux météore.

Avec ces germes précieux
Qu'un noble enseignement dispense,
Avec ces fruits délicieux
D'une très-belle intelligence,

Il devait en joyeux marin
Franchir un océan paisible ;
Mais le sort déchaîna soudain
La tempête la plus horrible.

Comme un soldat jeune et vaillant
Il devait aller à la gloire ;
A ses pas un attrait puissant
Allait enchaîner la victoire ;
Mais de la mort le cruel bras
A ses pas ferma la carrière ;
Il n'est donc plus ! sa vie, hélas !
Nous peint la fleur trop passagère.

Quel horizon pour lui s'ouvrait !
Comme un beau soleil l'opulence
Vers lui projetait ce reflet,
Élément de la bienfaisance ;
L'étude versait le torrent
De ses lumières les plus sages,

Versait l'arôme séduisant
Qui doit appeler les suffrages.

Ils sont donc éteints ces beaux yeux
Qui traduisaient avec noblesse
L'enjouement, l'esprit gracieux,
Une candeur enchanteresse;
Ces traits où du beau sentiment
Éclatait l'ardeur si prospère
Ne seront donc incessamment
Qu'une vaine et froide poussière.

A son ombre errante en ces lieux,
Ah! qu'un deuil si touchant doit plaire!
Au sein d'un Elysée, aux cieux
Va résider cette ombre chère.
Oui, l'âme pure où nous voyons
Éclore la philanthropie,
Les nobles aspirations,
Doit aller au ciel, sa patrie.

AU CLOCHER DE SAINT-MAURILLE.

Je te salue, ô monument

D'une suave architecture.

D'un beau site en le jalonnant,

Tu fais la plus belle parure ;

Vers les cieux, la divinité

Appelle un éternel hommage ;

Puissions-nous de l'éternité

En toi voir aussi l'apanage !

Aujourd'hui ta pure blancheur,
D'une religion touchante
A nos vœux traduit la candeur,
La pureté qui nous enchante ;
Devant ton port majestueux,
Oui, devant ta flèche élancée
Je vois d'un sage vers les cieux
Monter noblement la pensée.

Protége, en abri consolant,
Le cœur d'où jaillit la prière ;
Devant son orage alarmant,
Deviens le sûr paratonnerre ;
Ah ! soutire, pour la raison,
Une électricité divine
Qu'enfante la religion,
La plus admirable doctrine.

Ta croix, symbole attendrissant,
Etend ses bras comme des ailes

Pour couvrir amoureusement
Les fronts pieux, les cœurs fidèles.
Les saints, dont les images sont
Une couronne, une auréole,
Oui, dans les cieux pour nous sauront
Invoquer un Dieu bénévole !

Leurs regards planent à jamais
Sur nos champs, nos prés, nos chaumières;
En appelant mille bienfaits
Pour nous s'élèvent leurs prières;
Ils sauront apaiser des flots
Qui, trop souvent fougueux, terribles,
Sur les rivages les plus beaux,
Jettent les maux les plus horribles.

Des saints qu'ont vus briller ces lieux,
Nous verrons enfin l'assistance,
Sur le laboureur vertueux,
Faire descendre l'abondance ;

Sur l'humble filet du pêcheur
Et sur la barque téméraire,
Ils feront pleuvoir le bonheur
Que sait enfanter la prière.

Oui, ce groupe délicieux
D'aiguilles, d'images qu'on aime
Avec ton sommet gracieux
D'une fleur présente l'emblême;
Autour d'un spadice élégant
Se dresse la fraîche étamine;
Je vois le pétale éclatant;
Je vois la corolle divine.

A travers un dôme riant
Que ton pied superbe domine,
S'exhale le soupir brûlant
De l'humble foule qui s'incline;
Une coupole, en réflecteur,
Vers toi sait porter du fidèle

L'encens, la voix, le tendre cœur,
Que le devoir aux cieux appelle.

Avec le chant mélodieux
La vibration qui s'élance
Doit enfin ébranler les cieux,
Enfin toucher la Providence ;
Une aiguille, propice aimant,
Sur la foi, sur l'âme embrasée,
Fera tomber à chaque instant
Des faveurs la douce rosée.

Echo de nos affections,
D'un amour pur, de la souffrance,
Ton airain fait rouler des sons
Qui montent vers la Providence ;
Oui, tous les jours elle entendra
La voix pieuse qui l'implore,
Sa main alors te bénira
Avec la foule qui l'adore.

Souvent de timides oiseaux
Loin de la flèche meurtrière,
Viendront chercher le doux repos
Sur une flèche tutélaire !
On verra fondre sur ton front
La nue et les affreux orages,
Mais devant toi s'éloigneront
De nos cœurs les sombres nuages.

Oui, plus d'un nuage assombri
Vient de l'âme attrister la vue,
Mais soudain ton aspect chéri
Jette un bel éclat sur la nue ;
Quand de ton sommet vers les cieux
Notre âme avec bonheur s'élance,
Dans nos transports, ton charme heureux
Surgit en arche d'alliance.

La voix grave de ton airain
Saura bientôt dire aux fidèles :

Songez, mortels, songez enfin

Que le temps fuit, qu'il a des ailes.

En sonnant les phases du jour,

L'airain va dire à chaque oreille :

L'heure conduit au noir séjour ;

Tremblez, humains, oui, la mort veille.

On voit sur ton front culminant,

En éclaireur léger, fidèle,

S'agiter un métal brillant,

Au gré des vents qu'il nous révèle.

Ah ! dis-nous la brise qui va

Nous entraîner vers la sagesse ;

Avec cette brise on ira

Au bonheur qui règne sans cesse.

Non, de l'obélisque orgueilleux,

De la colonne ambitieuse,

Tu n'as pas l'éclat fastueux ;

Ton éclat dit l'œuvre pieuse ;

Là, se détache avec splendeur
Le monument, digne, sublime,
Tant rêvé par le bienfaiteur
Qu'une sagesse pure anime.

Lorsqu'enfin l'heureux Chalonnais,
Revenant des champs de la guerre,
Verra sur les bords les plus gais
Se dresser la cime légère,
Ah! de quel ravissant émoi
Soudain il percevra les charmes,
En songeant que non loin de toi
Il fit couler de tendres larmes!

SUR LA GUERRE DE CRIMÉE.

Mû par un génie infernal
Et par un orgueil indomptable,
Le czar veut en humble vassal
Traiter un sultan vénérable;
Vers un sérail lointain, brillant,
Il lance la fière cohorte;
Mais, jouet d'un songe attrayant,
Il ne put enfoncer la Porte.

Des bords les plus délicieux,

Il voulait à l'Europe entière

Imposer un joug trop honteux

Qu'osa rêver son âme altière ;

Avec d'innombrables soldats,

Avec une imposante flotte,

Il défiait tous les combats

Il avait compté sans son hôte.

En vain le belliqueux Odin,

Ce dieu de la Scandinavie,

Epanche l'hydromel divin

Dans le crâne, objet de l'envie ;

En vain il darde les frimas

Sur les plages de la Crimée,

Non loin de nos vaillants soldats :

Aux soucis la Porte est fermée.

Pour embraser le musulman

Des feux du zèle et du courage,

Mahomet, orné du croissant,
Apparaît sur un beau nuage ;
Il semble offrir à ses élus
Les houris, la nymphe jolie,
Convier les mâles vertus
A son nectar, son ambroisie.

Excité par le vin charmant
Et les bifteks les plus suaves,
L'Anglais, sur les pas de Raglan,
Dispute l'honneur à nos braves ;
Mais rien ne peut de nos Français
Egaler la valeur guerrière :
Sous la mitraille et les boulets
Leur cœur est gai, leur âme est fière.

En vain d'innombrables canons
Hérissent les ponts, les rivages ;
En vain les coteaux et les monts
Des obusiers font leurs ombrages ;

Electrisé par la valeur,
Par l'amour sacré de la France
Et l'espoir de la croix d'honneur,
Le Français au combat s'élance.

Avec Canrobert, Pélissier,
Sous les frimas les plus horribles,
Sous le feu le plus meurtrier,
Devant les forts les plus terribles,
Nos Français, nos jeunes guerriers,
En chantant vont à la victoire;
Ils vont cueillir ces beaux lauriers
Qu'aux vrais héros promet la Gloire.

En vain Sébastopol surgit,
Semble un cratère inaccessible,
Un cratère affreux qui vomit
La mort sur l'armée impassible;
En vain Malakoff arrêta
Nos preux qu'il fauche, qu'il moissonne;

Bientôt Malakoff tombera,
Pélissier le veut, il l'ordonne.

Eternisant l'éclat chéri
Qui fit la sublime auréole
Du drapeau français à Lodi,
A Wagram, sur le pont d'Arcole,
Le soldat français, à jamais,
Se montre héritier d'une gloire
Qui lança les plus beaux reflets
Et brille au temple de mémoire.

Il semble que nos bataillons
Voient marcher devant leur bannière
Du premier des Napoléons
L'ombre magnanime, si chère ;
Au trône d'un prince admiré
Ils veulent tous, par la victoire,
Attacher le laurier sacré
Qu'aux Napoléons doit la gloire.

Nos étendards si glorieux,

Sur tous les points de la Crimée

Ont flotté purs, victorieux,

Ont fait l'orgueil de notre armée ;

L'histoire va dire à jamais

La honte de la Moscovie,

Va proclamer l'honneur français

Que l'univers entier publie.

Au fond du sérail éclatant,

L'odalisque délicieuse

Pour le Français jeune et vaillant

A sa prière affectueuse ;

Dans le Français, galant, vainqueur,

Elle voit l'ange secourable,

Elle voit son libérateur

Devant le Cosaque effroyable.

DEVANT UNE CHAPELLE.

Dans ce monument de douleur
Qui nous révèle la tendresse,
Les élans généreux d'un cœur
Et le penser de la sagesse,
Non, de la folle vanité,
De la raison la plus frivole,

Jamais Chalonnes attristé
N'aura contemplé le symbole.

Non, d'obélisques somptueux,
Enfants d'une raison trop vaine,
On n'aura pas devant les yeux
L'orgueil, l'expression hautaine ;
Dans le mausolée imposant
Nous apparaît le sanctuaire
D'où vont s'élancer tendrement
Les vœux de l'amitié sincère.

Au pied de l'autel consacré
A la sagesse la plus belle,
Oui, du cœur à jamais navré
Eclatera le tendre zèle ;
En parfum d'amour, de douceur,
En encens pur, en juste hommage,
Des pensers iront vers l'honneur
Dont l'arôme encor se propage.

Ah ! les fleurs que sur le tombeau
Avec amour la main projette,
N'auront jamais l'éclat si beau
De l'âme qui brilla parfaite ;
Oui, votre âme fit chaque jour,
Adélaïde et Caroline,
Au gré d'un angélique amour,
Rayonner la splendeur divine.

Cet arbre vert qu'on a planté
Non loin de la tombe modeste,
Dira moins à l'œil attristé
Qu'un laurier glorieux, céleste ;
Ce laurier que sur vous posa,
O Fleury, la gloire immortelle
Aux regards assombris dit là
L'éclat de l'âme la plus belle.

Ils ne sont plus, dira souvent
Le voyageur à la chapelle,

Ces cœurs où vibraient noblement
Les échos du superbe zèle ;
S'il fallait déployer aux yeux
La plus belle philanthropie,
Les instincts les plus généreux,
Ils étaient là, dignes d'envie.

A la chapelle trop souvent
Vont s'écouler de tristes larmes
Devant le souvenir touchant,
Oui, devant les plus nobles charmes ;
Du cœur ému, reconnaissant,
Les soupirs, en brises sacrées,
Vont, au gré d'un amour constant,
Aller aux tombes vénérées.

Ah! puisse des êtres chéris,
Que groupe à l'asile suprême
Un cœur grand, des plus ennoblis,
L'ombre ici voir combien on l'aime ;

Puisse-t-elle jeter en nous
Le rayon de ce feu sublime
Qui versait l'éclat le plus doux
Et fit éclore tant d'estime.

UNE SALLE D'ASILE.

Saluons tous avec bonheur
Ce gage de la bienfaisance,
L'asile où d'un noble pasteur
Vient se mirer la bienveillance ;
Un philanthrope généreux,
Eclatant de sages lumières,
Fait, du vrai bonheur en ces lieux,
Fait jaillir les sources premières.

Pauvres enfants dont chaque jour
Fut assombri par la misère,
Ici vous trouverez l'amour,
Les soins éclairés d'une mère;
Ah! bien souvent de la douleur
Vous avez dû sentir l'épine,
Pour vous saura briller la fleur
Que sème une bonté divine.

Loin du tableau si déchirant
Qui traduit l'affreuse détresse,
Faibles agneaux, marchez gaîment
Vers le bercail de la sagesse;
Loin des frimas, d'un aquilon
Dont l'aile est pour vous meurtrière,
D'une suave affection
Cherchez la flamme tutélaire.

Enfants, accueillez dans ces lieux
De la morale les prémices,

Préludez à ce culte heureux
D'où s'épanchent tant de délices;
Pour guider vos pas incertains,
Dans le cours d'un pèlerinage,
Vont poindre ces rayons divins
Que verse une raison bien sage.

Devant l'éclat si lumineux
Qui des plus beaux feux s'irradie,
En calices délicieux,
Vos cœurs jetteront l'ambroisie;
En eux, sous la brise d'amour,
Sous une rosée admirable,
Oui, nous verrons éclore un jour
Le germe le plus agréable.

Sachez dérober chaque jour
Votre présence à la tendresse,
A des parents chers dont l'amour
Pour vous règne et veille sans cesse;

Comme les rayons d'un beau soir,
Les reflets de l'âme adorée,
En éloignant le penser noir
Viendront enchanter la soirée.

L'absence ravive l'amour;
Avec quelle ivresse touchante
Vous saurez, au tomber du jour,
Voir la famille caressante !
De ces lianes dont la fleur
A l'ombre des nuits semble éclore,
Vous aurez l'emblême enchanteur
Dans la mère qui vous adore.

Oui, sur la rive où du bonheur
Va pour vous resplendir l'aurore,
Vous verrez éclater la fleur,
Comme dans l'empire de Flore;
Vous verrez la belle de jour
Dans la plus brillante sagesse,

En belle des nuits, à son tour,
Doit surgir la tendre caresse.

Devant l'aimable sommité
Dont l'âme enchaîne tant d'estime,
Devant la sœur de charité
Qu'un feu sacré toujours anime,
Non, vous ne sauriez percevoir
L'amertume de la tristesse;
Dans leur zèle vous saurez voir
Des meilleurs parents la tendresse.

A LA MÉDAILLE

DE SAINTE-HÉLÈNE.

———◦◦◦———

O médaille de Sainte-Hélène,

Va consoler de vieux guerriers,

Va charmer les ennuis, la peine

Au sein des plus humbles foyers ;

Viens, de la gloire militaire,

Evoquer les plus nobles feux ;

Montre-nous le dieu de la guerre
Dans le héros le plus fameux.

A l'aspect du bronze honorable
Qui doit flotter sur la valeur,
On rêve au bronze mémorable
Qui partout semait la terreur ;
On verra dans ta couleur sombre
L'éternel deuil, le noir souci
Que jette à ses amis sans nombre
Le tombeau d'un guerrier chéri.

Au sein du ténébreux nuage
Qu'un souvenir appellera,
Du grand Napoléon l'image,
En météore brillera ;
Devant toi son génie immense,
Sur l'horizon le plus brillant,
Oui, sur les rives de la France
Eclate en soleil rayonnant.

Sur le rocher de Sainte-Hélène

On voit enchaîné ce héros

Qui devait courber sous la chaîne,

Sous un joug, les fronts les plus hauts ;

L'infortune, ombre trop fidèle,

A ses pas enfin s'attacha ;

Il tomba ; sa gloire immortelle,

Oui, sa gloire le releva !

On le voit, loin de sa patrie,

Languir au plus sombre horizon,

Au sein d'une plage ennemie,

Dans les horreurs d'une prison ;

Là, devant les touchantes larmes

Que la tendresse fait verser,

Il donne à ses compagnons d'armes

Un soupir, son dernier penser.

Aux vieux compagnons de sa gloire

Qui le suivaient dans les combats,

Volaient gaîment à la victoire,

Que la médaille offre d'appas!

Le vieux soldat porte l'emblème

D'une gloire qu'il adora,

Dont l'éclat, sur un front suprême,

En legs divin resplendira.

On doit porter avec délice,

Presser tendrement sur le cœur

Une image chère, propice,

Qui doit y féconder l'honneur;

Dans les cœurs, médaille électrique,

Oui, ton pouvoir allumera

Le feu sacré, patriotique,

Dont un cœur sublime éclata.

De ton ruban, noble symbole,

L'éclat fait rêver aux attraits

Qui nous charment dans l'auréole

D'un prince cher aux cœurs français;

Ce ruban, aux couleurs suaves,
De l'arc-en-ciel emblême heureux,
Doit rallier le cœur des braves
Au trône le plus glorieux.

A MADAME L. DE L...

On désire que je vous chante;
Ma muse va très sagement
Se récuser, faible, impuissante,
Devant l'éclat trop exigeant;
Elle saurait fort mal vous dire
Tout ce que le miroir peindra;
A vos beaux yeux il sait traduire
Les mille attraits qu'on adora.

La glace aisément peut vous dire
Du visage le plus joli
Les traits charmants, le beau sourire
Où tant d'esprit s'est réfléchi ;
Elle sait d'un riant corsage
Formuler le divin contour,
Qui vient enchaîner le suffrage
Et semble formé par l'amour.

Votre glace, toujours fidèle,
Doit révéler facilement
Au regard l'âme la plus belle,
Un cœur à jamais attrayant ;
Oui, dans un œil irréprochable,
D'un cœur bien né, fier, généreux,
Du penser le plus agréable
Elle fait resplendir les feux.

Ah ! puisse-t-elle encor vous dire
Avec succès, noble beauté,

De rester au lieu qu'on admire,
Au Frénais, séjour enchanté ;
Vous seriez toujours en famille,
Etant parmi d'aimables fleurs;
Vous seriez encor plus gentille
Que la rose aux belles couleurs.

Oui, restez, je vous en supplie,
Au milieu de suaves fleurs
Dont la corolle, objet d'envie,
Lance des parfums enchanteurs ;
En vous éclatera l'emblême
Du séduisant myosotis,
Car plus on voit, oui, plus on aime
Vos charmes nombreux, accomplis.

De votre bouche si jolie
Les sons toujours délicieux,
Là, traduiraient de l'harmonie
Le flot si doux, si merveilleux ;

Au gai salon de Therpsycore,
Au milieu d'accords enivrants,
Vous sauriez déployer encore
Le plus gracieux des talents.

En vos bosquets où tout respire
La paix, la douce volupté,
Soyez la nymphe au doux sourire,
Ou des fleurs la divinité;
Ne voyagez plus en nomade
Comme un astre à jamais errant;
Vers nous en charmante pléïade
Jetez un éclat ravissant.

A MADAME L. DE L...

———

Pour charmer la mélancolie
Qui chez moi règne dès longtems,
Qui sut effeuiller de ma vie
Les fleurs, au gré d'affreux autans,
Je vais souvent à ma terrasse
Regarder les nombreux passants;
Là, parfois je vois une grâce,
Les attraits les plus séduisants.

Ce matin le ciel était sombre,
De tristes nuages flottaient;
Nul beau rayon ne perçait l'ombre
Que des vapeurs au loin portaient;
De ma terrasse fort modeste
Je contemplai d'un œil ravi
Une apparition céleste,
Un météore fort joli.

J'avais fui le riant parterre
Où brillent de superbes fleurs,
Dont la corolle passagère
Jette des parfums enchanteurs;
Voyant de mon humble terrasse
Passer le plus suave objet,
J'oubliai l'arôme, la grâce
Du calice qui me charmait.

En formulant son tendre zèle,
Une dame au front radieux,

Laissait cheminer tout près d'elle
Un enfant des plus gracieux ;
Je voyais la tige agréable
Où sont unis élégamment
La corolle la plus aimable
Et le fruit le plus ravissant.

La brise soufflait avec force,
Le rameau tremblant murmurait,
Mais une séduisante amorce
A ma terrasse m'enchaînait ;
Je sentais comme une ambroisie
Que cette brise m'apportait,
Lorsqu'une dame si jolie
Et si belle m'apparaissait.

Un art brillant sur mainte place
Reproduit les traits qu'on aimait ;
Je voudrais voir de ma terrasse
D'un objet charmant le portrait,

Il serait l'image adorable,
Ou le symbole gracieux
De la beauté la plus aimable,
De l'ange qui réside aux cieux.

A M. LE DOCTEUR D...

——◆——

Je roulais en pauvre Sisyphe
Certain rocher des plus affreux ;
Oui, je me croyais sous la griffe
Du démon le plus furieux ;
Un beau jour une main amie
Vint m'arracher à ce malheur ;

J'espère encore sur ma vie
Des plaisirs voir germer la fleur.

Je voyais sur mon existence
Courir l'orage menaçant;
Vers moi de l'horrible souffrance
S'élançait le trait déchirant;
J'ai vu dans ma pierre infernale,
Source des plus cruels regrets,
Une pierre philosophale
Que l'on ne saisirait jamais.

En roulant ma pensée amère,
J'enviais le triste labeur
De l'homme roulant du calcaire,
D'un infortuné travailleur;
Lorsqu'en lui des fourneaux prospères
De l'espoir enflammaient l'ardeur,
J'étais en des feux délétères,
J'étais au fourneau du malheur.

Naïade à jamais bienfaisante,
A jamais propice au repos,
Chez moi l'hygiène constante
Va diriger le cours des eaux;
Elle va d'une urne facile
Faire, par un jet plus heureux,
Faire couler un flot tranquille
Dans un chemin moins épineux.

J'allais m'enfoncer dans l'abîme,
Rouler vers le point le plus bas,
Lorsqu'un savant, docteur sublime,
Me ravit au cruel trépas;
Comme l'organe natatoire,
Ballon docile des poissons,
Un réservoir moins sécrétoire
M'éloigne de sombres bas-fonds.

Le feu de la reconnaissance
Chez moi ne s'éteindra jamais

Devant l'éclatante science
D'un homme fertile en bienfaits;
Oui, devant son feu tutélaire,
Chez moi s'allume l'amitié;
On ne dira pas, je l'espère,
Que mon cœur s'est pétrifié.

Sur une pierre épouvantable
Je voyais fondés le malheur,
Le destin le plus effroyable,
Des angoisses toute l'horreur;
Aujourd'hui cette pierre immonde
Va former l'éternel ciment
De l'estime la plus profonde
Et d'un sincère dévouement.

Honneur à la lithotritie
Qui nous semble un enchantement,
Qui vient de la cystotomie
Conjurer l'affreux instrument;

Honneur à la haute sagesse,

A D..... dont les faits brillants,

A nos yeux déploieront sans cesse

L'éclat des plus nobles talents.

COUPLETS.

Ah! quelle est ta folie,
Soldat peu généreux,
Qui fais sur l'Italie
Peser un joug honteux;
Par la fière cohorte,
Tu vas, Autrichien,
Etre mis à la porte,
Ainsi qu'un pauvre chien.

En chien de métairie,
Sache aboyer de loin;
Tes crocs à l'Italie
Vont se montrer en vain.
  Par, etc.

Comme en un jeu de quille
On recevrait un chien,
L'armée où l'honneur brille
Doit l'accueillir soudain.
  Par, etc.

Nos troupes sans pareilles
Vont te frotter fort bien,
T'abattre les oreilles
Comme au pauvre mâtin;
  Par, etc.

Sous un joug populaire
Tu goûtais le repos,

Tu savais te distraire,
Ronger gaîment ton os ;
  Par, etc.

Muselé sans tristesse
Et tondu sans chagrin,
De la douce allégresse
Tu suivais le chemin ;
  Par, etc.

Dans ton cœur la peur entre
Devant notre drapeau ;
Avec le mal de ventre,
Oui, tu vas sur le Pô ;
  Par, etc.

Oui, ton âme inquiette
Devant nos fiers soldats,
N'est pas dans son assiette
Quand sur le Pô tu vas ;
  Par, etc.

5

AUX CENDRES DE MON ÉPOUSE.

Je dois, au gré d'un vain usage,
Vous couronner d'un monument ;
Je voudrais une riche image
D'un objet chéri tendrement ;
Mais si j'oubliais ce qu'inspire
La crainte de la pauvreté,
Le besoin saurait en vampire
Me punir avec cruauté.

Pour mieux rappeler ce que j'aime,
Le monument qui va surgir
Aux yeux doit formuler l'emblême
D'une vertu qui sut ravir;
Nous verrons dans une structure
Empreinte de simplicité,
Oui, nous verrons d'une âme pure
L'inaltérable humilité.

Au lieu d'un marbre tumulaire,
Symbole du froid sentiment,
Qui va sur mon cœur tutélaire
Former un contraste frappant,
Je voudrais que la rose même,
Dont l'arôme est délicieux,
Vînt se poser en doux emblème
De l'esprit le plus généreux.

D'un palmier riant, solitaire
J'aimerais l'ombrage ondoyant,

Il dirait l'abri tutélaire,
Offert par un cœur bienveillant;
Dans un saule mélancolique,
Dans le front d'un saule pleureur,
On verrait l'âme sympathique,
La plus charitable ferveur.

Ah! que j'aimerais l'ambroisie
Se dégageant de mainte fleur,
Pour redire à l'âme attendrie
L'arôme du plus noble cœur!
Oui, les larmes de la tendresse
Viendraient arroser quelquefois
Les emblêmes d'une sagesse
Que béniront toutes les voix.

Ah! puisse la cendre bénie
Nourrir le sein de quelque fleur,
Aller sous les feux de la vie
Recevoir une belle ardeur;

Puisse-t-elle en divin arôme

Eveiller un doux sentiment,

Irradier vers nous l'atôme

D'une femme qu'on aime tant !

A M. LE DOCTEUR D...

En ami de l'horticulture
Je veux donner un soin constant,
A mon jardin dont la parure
Me cause un plaisir ravissant;
J'y veux planter la Saxifrage,
Qui sera le doux souvenir
D'un docteur généreux et sage
Que la gloire doit ennoblir.

Le souvenir d'un homme aimable
Chez moi jamais ne faillira;
De mes fleurs l'arôme agréable
Me dit l'esprit qui nous charma;
Une corolle qui domine
Tous les calices culminants,
Me retrace une âme divine,
Un esprit des plus éminents.

Je percevrai dans l'Immortelle
L'âme qui toujours brillera
Des feux brillants dont l'étincelle
Dans l'avenir éclatera;
J'aperçois dans la Violette
Le mérite sans croix d'honneur;
La Pensée à mes yeux reflète
Un penser brillant, enchanteur.

Le fruit parfumé, délectable,
Etalant son beau coloris,

D'un enseignement honorable
Me retrace les divins fruits ;
Je vois dans l'onde fécondante
Qui jaillit vers un arbrisseau,
D'une sagesse bienfaisante
Le flot si pur, le flot si beau.

Du Laurier l'éclatant feuillage
Dit qu'il est pour le digne front,
Pour l'homme généreux et sage
Que tant de voix acclameront;
Je vois dans l'arbre tutélaire
Où l'humble tige s'appuiera,
L'esprit éclairé, salutaire
Où plus d'un talent s'abrita.

Quand le monde était dans l'enfance,
On voyait dans un bel Eden
L'arbre fameux de la science,
Arbre fatal au genre humain; .

Si j'avais un pareil ombrage
Au sein de mon humble jardin,
Il serait la fidèle image
D'un savoir immense, divin.

COUPLETS.

Je ris de ta marotte,
Mon pauvre Autrichien,
Tu comptais sans ton hôte
En gagnant le Tessin;
Ah! songe à la retraite,
Songe à nos fiers soldats.
Devant leur bayonnette,
Non, tu ne brilles pas.

Oui, ton penser frivole
A plongé dans l'oubli
Castiglione, Arcole,
Marengo, Mondovi.
  Ah ! etc.

Sous la brume éternelle
Dont se voilent tes yeux,
Tu ne voyais pas l'aile
De l'aigle belliqueux.
  Ah ! etc.

Vers de gentilles brunes,
Non loin de la Sézia,
Oui, tu vins pour des prunes,
Nos balles étaient là !
  Ah ! etc.

Si la fièvre te brûle,
Il faut l'anéantir,

Des fusils la pilule
Viendrait mal te servir.
Ah ! etc.

D'une autre maladie,
D'un cruel lombago
Tu paierais ta folie
En restant sur le Pô.
Ah ! etc.

Devant les faits sublimes,
Les éclatants succès
De soldats magnanimes,
Oui, des soldats français.
Ah ! etc.

Vois les fruits de la guerre,
Pauvre soldat, va-t-en,
Marche un pouce en arrière,
L'autre vers le tympan.
Ah ! etc.

Va-t-en, oui, va, de grâce,
Loin de nos bataillons,
Toi dont l'oreille est basse
Et le nez des plus longs.

Ah ! songe à la retraite,
Songe à nos fiers soldats.
Devant leur bayonnette,
Non, tu ne brilles pas.

A MADAME BO...

———

Autrefois j'aimais la folie,

Comme le vieillard de Téos,

Je chantais grisette jolie,

Le vin pétillant des côteaux ;

Fuyant les plaisirs bien suaves

Du gracieux Anacréon,

Aujourd'hui, malgré les entraves,

Je chante l'aimable raison.

Chez vous les phases de la vie
Ont brillé des plus beaux attraits;
L'inaltérable sympathie
Vola sur vos pas à jamais:
Vous reçûtes l'esprit, la grâce,
Le doux charme de la beauté,
Un autre don qui les surpasse,
Le cœur sublime de bonté.

Vous sentez la belle origine;
On voit que de noble parents
Ont formé votre âme divine,
Ont éclairé vos premiers ans;
Oui, de votre âme l'ambroisie
Rappelle des abris charmants,
Qui durent pour vous de la vie
Parfumer l'aimable printemps.

Le cœur, au sein de l'infortune,
Dans votre cœur si bienfaisant,

Dans votre bonté peu commune,
Doit voir un abri consolant;
En vous, sous l'orage bien triste
Qui l'environne constamment,
Il doit voir l'ange qui l'assiste,
Le météore bienfaisant.

Dans le sombre pèlerinage
Que nous faisons tous ici bas,
Votre âme est la suave image
De la rose aux brillants appas;
De vos vertus, le groupe aimable
Retrace l'oasis charmant
Qui dans le désert effroyable
S'élève en refuge attrayant.

Votre belle âme qu'on admire,
Qu'on doit chérir à tout moment
Comme un doux aimant nous attire
Par l'attrait le plus séduisant;

Sur la nébuleuse carrière,
Où gémit le cœur malheureux,
Au regard votre âme sait plaire
Comme un diamant précieux.

Quand sur le fleuve de la vie,
Un mortel vogue tristement,
Il doit voir la brise chérie
Dans votre penser bienveillant.
Il voit la madone adorée
Dans une femme dont le cœur,
Devant la nacelle égarée
Saurait conjurer le malheur.

Auprès du noble militaire
Qu'ombrage le laurier brillant,
Vous savez sur l'horrible guerre
Jeter un voile complaisant;
Vous présentez les heureux charmes
De la paix, de votre douceur,

6

Mais aussi vous avez des armes
Pour dompter, enchaîner le cœur.

Image de l'arbuste aimable
Où l'on voit succéder aux fleurs
Les charmes du fruit délectable,
Vous avez des fruits enchanteurs ;
Après l'éclat de la jeunesse,
Chez vous à jamais restera
Le fruit divin de la sagesse,
Une bonté qu'on chantera.

Vous êtes dans une atmosphère
Où le nuage désolant
Au regard vient de la misère
Dérober le sort accablant;
Vous sauriez d'un regard propice
Percer l'horizon nébuleux,
Aisément voir le précipice,
En éloigner le malheureux.

A MADAME X....

—•—

Que vois-je au bord de la prairie?
Un objet des plus séduisants;
Une femme qu'ont ennoblie
Les attraits les plus ravissants;
Dans le plus gracieux visage
On voit se trahir à l'instant
La bonté, l'âme la plus sage,
Le penser le plus attrayant.

Non loin de la plus sombre mine
D'où l'on extrait le noir charbon,
Je vois la plus riante mine,
De la beauté le pur rayon.
Oui, je crois non loin du Tartare,
Où le grand Minos résidait,
Contempler la vertu si rare
Que dans l'Elysée on plaçait.

Devant la face peu jolie
De ce mineur à l'air peu gai,
On semble trouver l'effigie
Du diable aux enfers relégué ;
Devant l'admirable visage
Dont les attraits nous ont ravis,
Nous voyons la suave image,
L'éclat de l'ange au ciel admis.

Quand le fleuve sur le rivage
Surgit en océan fougueux,

D'Amphitrite la douce image
A l'instant paraît à nos yeux,
Dans une femme enchanteresse
Où je vois le port gracieux,
La majesté d'une déesse,
L'objet le plus digne des cieux.

Lorsque sous les flots, dans la mine
Elle s'avance, on la prendrait
Pour la nymphe belle, marine
Qu'une grotte renfermerait;
A la beauté qui nous étonne
Le carbone plaît aisément;
En cristallisant il lui donne
Pour emblème le diamant.

En sortant de la galerie
Où l'ombre toujours flottera,
On croit voir l'étoile chérie,
La pléiade qui charmera;

On croit voir la brillante aurore,
Qui succède à la triste nuit,
Dans la noble belle qu'adore
Le monde entier qu'elle ravit.

En songeant à l'âme si belle
D'où jaillit un parfum charmant,
De la rose je me rappelle
L'éclat, l'arôme séduisant;
Je rêve à la douce influence
D'un tendre époux, d'un astre heureux
Qui dans son atmosphère lance
Un reflet pur, délicieux.

En voyant une fleur charmante
Au bord d'un abîme effrayant,
Je songe à la fleur séduisante
Qui voile un danger menaçant;
Mais cette fleur qu'ici j'admire

Jamais ne sut tromper un cœur;
Le chagrin qui vers elle attire
A pour élément la candeur.

MA TERRASSE.

Oui, j'aime bien me reposer
Au sein de mon humble terrasse;
Là, je puis fort gaîment causer
Avec des amis, quelque grâce;
Elle n'a pas l'éclat riant
De ces terrasses de l'Asie;
Mais j'y pourrais facilement
Jeter des roses sur ma vie.

Lorsqu'à ma terrasse je vais
En m'éloignant de ma bouteille,
Je présente aux yeux chalonnais
L'image du dieu de la treille;
Sous le pampre et sous le raisin,
Je porte un nez couleur de rose;
On pense que dans mon jardin
Bacchus un moment se repose.

De ma terrasse j'aperçois
Des passants, des gens très passables;
Des passés que suivent des voix
Dont les tons ne sont pas aimables;
Chaque être du règne animal
Là s'offre à mon regard avide;
Il en est un qui n'est pas mal :
C'est la femme au regard timide.

Je vois passer bien des instincts
Qu'anime une flamme opportune;

On s'élance vers les chemins
Des honneurs et de la fortune;
Ce qui domine trop souvent
En faisant le premier mobile,
C'est l'égoïsme dégoûtant,
C'est l'ambition la plus vile.

Quand je vois le bon paysan
Venir à son Dieu rendre hommage,
En conservant pieusement
Les traditions du village,
Une soudaine émotion
Agite mon âme agrandie;
Avec délice ma raison
S'élève au ciel, à sa patrie.

À MES LIVRES.

Il faut que je vous abandonne
Vous, mes livres que j'aimais tant,
Vous dont la lecture me donne
Du vrai bonheur le sentiment ;
À mes yeux je dois vous soustraire,
Vous êtes pour moi ces amis
Qu'un sort affreux dans sa colère
Pour jamais, hélas, m'a ravis.

Mes yeux que blesse la lecture
En moi ne sauront plus verser
La jouissance vive et pure
Qui jaillit de votre penser.
Loin de la glace, des orages
Et du rayon brûlant des cieux,
Je trouvais dans vos nobles pages
Un charme vrai, délicieux.

Je remontais le flot des âges,
Le flot si varié des ans;
A travers de riantes plages,
J'allais jusqu'au berceau des temps;
Je m'éclairais à la lumière
De la plus suave raison,
Au fanal brillant, salutaire
Qu'arbore la religion.

Avec quelle volupté pure,
En lisant je porte les yeux

Sur les beautés de la nature,
Sur l'azur étoilé des cieux !
Partout je vois la poésie,
Sur le tableau de l'univers ;
Je perçois la douce ambroisie
Qu'un Dieu fait jaillir dans les airs.

Devant quelque page sublime,
Mon âme vole avec plaisir
Loin du présent, d'un monde infime,
Dans les routes de l'avenir ;
Elle voit une Providence
Au séjour éclatant des cieux,
Offrir la noble récompense
Réservée aux cœurs vertueux.

MA PREMIÈRE MAITRESSE.

—◆—

Combien j'aime le souvenir
De l'âge où l'amour dans mon âme
Venait jeter ses premiers feux,
Allumait la plus tendre flamme !
Zélis avait des yeux jolis,
La taille fine, enchanteresse ;
Je l'aimais d'un cœur bien épris,
C'était ma première maitresse.

Lorsque la nuit sur l'horizon
Abaissait un voile prospère,
L'amour aveuglait ma raison,
Le sommeil fuyait ma paupière ;
A tout moment je ne rêvais
Qu'au seul objet de ma tendresse ;
A Zélis, à tous ses attraits ;
C'était ma première maîtresse.

Dès l'aurore un tendre couplet
Disait les soupirs de mon âme ;
De mes fleurs un riant bouquet
Formulait ma brûlante flamme ;
Me promenant devant Zélis
J'allais parler à sa tendresse ;
Combien j'aimais son doux souris !
C'était ma première maîtresse.

Tous les soirs ma Zélis allait
Chez une parente chérie ;

L'amour alors me conduisait
Sur le chemin de mon amie !
Combien je me trouvais heureux
De son baiser, d'une caresse !
J'étais au comble de mes vœux ;
C'était ma première maîtresse.

J'allais interroger son cœur,
Le dimanche à la promenade ;
Je voyais empreint mon bonheur
Dans ses yeux, sa furtive œillade ;
Mais si parmi de jeunes fous
Eclatait sa vive allégresse,
Je brûlais d'un feu trop jaloux ;
C'était ma première maîtresse.

UNE AUBERGE.

———❦———

Près du manoir de mes parents
Brillait une auberge prospère,
Là s'égayaient mes premiers ans,
Sous les regards d'un tendre père ;
En cet asile grandissaient
D'aimables enfants de mon âge,
Des nœuds charmants nous unissaient ;
Le bonheur était notre partage.

7

En ce lieu de tous les pays
Venaient de nombreux équipages ;
Tantôt des fronts bien assombris,
Tantôt les plus riants visages.
Je voyais le tableau mouvant
De ce que présente la vie ;
Oui, j'avais un monde charmant
Dans l'agréable hôtellerie.

Entraîné par d'aimables nœuds
Que vient affermir le jeune âge,
Je cherchais le plaisir, les jeux
Près des enfants du voisinage.
Sur la paille et le nouveau foin,
Dans l'auberge on allait s'ébattre ;
Là, sur l'arène, au sable fin,
Par des jeux on allait combattre.

Combien j'aime le souvenir
De cette auberge si coquette,

Qui venait parfois nous offrir
L'aspect d'une heureuse guinguette !
Alors le doux archet, les chants
Et les figures de la danse,
Venaient jeter dans tous mes sens
Le charme de la jouissance.

Que j'aimerais à retrouver
Tous ces amis de mon enfance ,
Qui longtemps m'ont fait éprouver
Le vrai plaisir de la constance !
Que j'aimerais à les revoir
Dans le champ du céleste asile,
Dans un temps qui succède au soir
D'une vie, hélas ! trop mobile !

UNE PRAIRIE.

***

Que j'aime à porter mes regards
Sur les plaisirs de mon enfance !
Sur des amis qui sont épars,
Hélas ! bien loin de ma présence !
Je ne puis rêver sans émoi
A la gracieuse prairie
Où sans frein, sans pesante loi
Si gaiement s'écoulait ma vie.

Au sein de nos premiers ébats
Jamais, jamais d'hiérarchie,
Un vain orgueil n'y jette pas
L'affreux joug de la tyrannie;
Le riant plaisir, sans façon,
Au gré d'une aimable folie,
Pose un niveau que la raison
Dans nos jeux enfantins appuie.

On cueillait de brillantes fleurs
Pour orner le sein d'une mère;
L'amour filial dans les cœurs
Allumait seul un feu prospère.
D'une maîtresse on ignorait
L'attrait si doux, l'attrait suprême;
Jamais pour elle on n'enlaçait
La fleur où l'on voit son emblême

Dans les barres se déployait
Des jeunes membres la vitesse;

Le jeu des balles signalait
De l'enfant l'ardeur et l'adresse ;
Dans le printemps au hanneton
On courait, on faisait la guerre ;
La boîte servait de prison
A ce volatile éphémère.

Au sein d'un limpide ruisseau
La gaité régnait en nayade ;
Là, souvent le joyeux troupeau
Allait poser un camp nomade ;
Loin des voiles de la pudeur,
Oui, la troupe bisexuelle
Dans les flots immergeait sans peur,
Le lys d'une peau fraîche et belle.

LA CRUE DE LA LOIRE.

—•—

Comme une brillante oasis,
A nos regards l'île déploie
De ses blés les riches épis,
De ses lins l'azur ou la soie;
Le chanvre ondulant à nos yeux
Balance une tige superbe;
En tapis riant et moëlleux
Sur nos rivages s'étend l'herbe.

Le peuplier majestueux
S'élance, en ondoyant ombrage,
Et le léard délicieux
Etale son noble feuillage ;
Au sein de nos riants ilots,
De l'archipel le plus aimable,
On entend les joyeux échos
Retentir d'un chant délectable.

Mais partout l'orage gronda,
La neige fond sur les montagnes,
Sur l'horizon l'onde baigna
Les cités, les belles campagnes ;
De la Loire l'affreux torrent
Vient soulever les flots paisibles ;
Bientôt le fleuve débordant
Jette les maux les plus horribles.

Adieu l'espoir riant, divin,
Adieu la charmante allégresse,

Plus de blé, de chanvre, de lin,
Point de moisson, point de richesse;
Le fleuve entraîne dans ses flots
Les arbres, les ponts et la terre,
La maison, où d'affreux échos
Disent l'angoisse trop amère.

Quand le flot rentre dans son lit,
Quel affreux tableau se présente!
Partout la ruine surgit,
Partout la misère est flagrante;
La fétide émanation
Loin de la plante ramollie
Va porter au sein du poumon
Le germe de la maladie.

LE VALLON D'ARMANGER.

Ah ! quelle agréable verdure
Présente à mes yeux ce vallon ;
Là, partout la belle nature
Vient égayer mon horizon ;
Le long de la verte prairie
C'est le chêne majestueux,
Et non loin de l'aulne assombrie
Croît le peuplier gracieux.

Des milliers de fleurs agréables
Emaillent le gazon riant,
Et les oiseaux les plus aimables
Font vibrer le plus doux accent ;
On voit paître l'agneau timide
Au bord du paisible ruisseau ;
On projette un regard avide
Sur la bergère du hameau.

A l'ombre de l'épais feuillage
Qui domine silencieux,
Le philosophe, le vrai sage,
Se livre à des pensers nombreux ;
Il rêve à ces biens que réclame
Le besoin des sociétés ;
Il veut des lumières pour l'âme,
Il veut de sages libertés.

Au sein de l'aimable prairie
Je vois de jeunes amoureux

Promener leur mélancolie,
Jeter des regards soucieux;
Soudain leur cœur ému palpite
A l'aspect d'un minois charmant
Qu'un berceau complaisant abrite
De son feuillage bienfaisant.

Dans ce vallon cher au jeune âge,
Propice à des cœurs amoureux,
Jamais, jamais de brigandage,
Non, jamais de crimes affreux;
Mais sous l'ombrage solitaire,
Sur le gazon, le vert coussin,
L'amant fidèle et téméraire
A fait souvent plus d'un larcin.

Malheur à ce lièvre tranquille,
Habitant d'un bois gracieux;
Malheur à la perdrix agile
Que lance un chien malencontreux;

Un cri de guerre au loin résonne,
L'effroi s'élance en un moment;
L'éclair jaillit, le fusil tonne
Et le gibier tombe à l'instant.

LES COTEAUX CHALONNAIS.

———

Quel riant tableau se déroule,
A mes regards sur nos côteaux!
Devant mes yeux la Loire coule
Entre les sites les plus beaux;
Là, sont des îles fortunées
Où des lins ondoient, gracieux;
Ici des rives couronnées
De peupliers majestueux.

Je vois le travail insulaire
Traduisant la plus belle ardeur,
Sous les flots d'un chanvre prospère
Effacer des traces d'horreur ;
A ce ravage épouvantable
Que des eaux le courroux sema
Succède l'éclat admirable
Des biens que Cérès apporta.

Je vois sur de brillants rivages
S'élever des hameaux lointains
Que cernent de frais pâturages
Et les sources des meilleurs vins ;
Mon œil contemple avec délice
Tous nos vignobles chalonnais,
D'où s'écoule un vin bien propice
Que l'amour chérit à jamais.

Sur la campagne vendéenne
J'aime à promener mes regards ;

J'y vois le paysan qu'entraîne
La guerre en ses tristes hasards.
Abandonnant son champ fertile,
Son hameau, sa riche moisson,
Il s'élance, en guerrier docile,
Pour son roi, sa religion.

Sur le temple de Saint-Maurille,
Près des villages vendéens,
Avec splendeur un clocher brille
En appelant tous les chrétiens;
Ce monument d'architecture,
Ce chef-d'œuvre majestueux,
Autant que la belle nature
Fait le délice de nos yeux.

NOUS ÉTIONS LÀ.

—◦◦◦—

Sur le vaste champ de la vie
Nous avons combattu souvent;
A la sombre mélancolie
Nous faisions la guerre en chantant.
Quand le plaisir à sa bannière,
Tambour battant, nous appela,
Jamais chez nous de réfractaire,
Nous étions là, nous étions là.

8

Lorsque Momus à la Folie,
En faisant sonner les grelots,
Appelait sa troupe chérie,
Arborait ses charmants drapeaux ;
Lorsqu'il appelait vers la danse
Les ris, les jeux, et cætera,
Avec Thémir, Aline, Hortense,
Nous étions là, nous étions là.

Derrière une blanche bannière,
A la voix du joyeux Comus,
Nous avons fait souvent la guerre
Aux soucis, près d'heureux élus ;
S'il fallait assiéger de suite
Un pâté, l'honneur du gala,
Sabrer une dinde bien cuite,
Nous étions là, nous étions là.

Avec Bacchus, à la guinguette,
Nous avons bivaqué souvent ;

Le feu riant de la goguette
Eclatait dans l'œil rayonnant ;
De canons charmants la fumée
Sur le front serein ondoya ,
On buvait à sa bien-aimée,
Nous étions là, nous étions là.

Non loin de la femme jolie,
Le soir, on était de planton ;
Brûlant d'une amoureuse envie,
On assiégeait le cœur fripon ;
Près de la mine solitaire
Que l'amour avec soin forma,
S'il fallait un cœur téméraire,
Nous étions là, nous étions là.

Lorsque Momus à la Folie,

En faisant sonner les grelots,

Appelait sa troupe chérie,

Arborait ses charmants drapeaux ;

Lorsqu'il appelait vers la danse

Les ris, les jeux, et cætera,

Avec Thémir, Aline, Hortense,

Nous étions là, nous étions là.

Derrière une blanche bannière,

A la voix du joyeux Comus,

Nous avons fait souvent la guerre

Aux soucis, près d'heureux élus ;

S'il fallait assiéger de suite

Un pâté, l'honneur du gala,

Sabrer une dinde bien cuite,

Nous étions là, nous étions là.

Avec Bacchus, à la guinguette,

Nous avons bivaqué souvent ;

Le feu riant de la goguette
Eclatait dans l'œil rayonnant ;
De canons charmants la fumée
Sur le front serein ondoya ,
On buvait à sa bien-aimée,
Nous étions là, nous étions là.

Non loin de la femme jolie,
Le soir, on était de planton ;
Brûlant d'une amoureuse envie,
On assiégeait le cœur fripon ;
Près de la mine solitaire
Que l'amour avec soin forma,
S'il fallait un cœur téméraire,
Nous étions là, nous étions là.

LE CONGÉ.

Ah! qu'il est heureux, le soldat
Qui, loin de sa noble bannière,
Loin des périls, loin du combat,
Va retrouver sa tendre mère!
Avec son congé bien signé,
Il va revoir sa bonne amie,
Son vieux père trop éloigné,
Ses foyers, son champ, sa prairie.

Non moins heureux est l'écolier
Qui, le jeudi, se débarrasse
D'un joug fâcheux, de ce collier
Mis par une étude efficace ;
Avec ses amis très joyeux
Il foule une verte campagne ;
A travers les ris et les jeux,
Un vrai délice l'accompagne.

Que je vous plains, tendres amants,
Qui soupirez avec ivresse
Pour un objet des plus charmants
Dont le cœur, hélas! vous délaisse ;
On vous a donné le congé,
Oui, de vous on se débarrasse ;
Votre mal doit être allégé
Par d'autres nœuds, une autre grâce.

Et vous surtout, pauvres valets,
Vous qu'un maître dur, inflexible,

Ose renvoyer à jamais,
Livrer au sort le plus terrible ;
Oui, je vous plains sincèrement,
Lorsqu'oubliant le plus beau zèle,
On vous jette si durement
La misère la plus cruelle.

Chez nous, un jour, la mort viendra,
Et là, d'un air impitoyable,
Sans façon, nous congédiera
Malgré la plainte lamentable ;
Avant d'aller au noir chemin
Que le pécheur tremblant redoute,
Munissons-nous d'un pain divin,
D'une bonne feuille de route.

L'AMOUR AUX FENÊTRES,

—

Que de tendres émotions
En nous épanche la fenêtre,
A l'âge où de nos passions
Le feu brûlant commence à naître;
A l'âge où le cœur tout le jour
N'aspire que la sympathie,
La douce flamme d'un amour
Qui jette des fleurs sur la vie.

LA VEILLÉE.

Ah! combien j'aime la soirée
Quand l'hiver jette ses frimas
Et qu'une foule un peu serrée
Au foyer verse mille appas!
C'est alors que l'intelligence,
L'amitié, l'amour enchanteur,
Font découler la jouissance,
Un vrai délice, un vrai bonheur.

Auprès du beau Lucas, Nanette
Fait tourner son léger fuseau ;
Elle voudrait tourner la tête
De cet aimable jouvenceau ;
En filant une humble filasse,
La jeune enfant aimerait bien
Que son Lucas rempli de grâce
Lui filât plus d'un jour serein.

Dans les bons mots, la causerie,
On trouve des plaisirs bien doux ;
Le vieux soldat jamais n'oublie
De Bellone les rendez-vous ;
Pendant qu'il parle de la guerre,
D'un long siége, d'un conquérant,
Le jeune Alain, près de Glycère,
Assiége un cœur appétissant.

Parfois la vieille un peu crédule
S'en vient parler de revenants ;

Là, plus d'un enfant se recule
Sous l'aile des tendres mamans ;
On y parle de brigandage
Et du plus affreux assassin ;
Avec l'émoi sur le visage
Lise s'approche de Colin.

Fier d'un savoir que l'on admire,
L'écolier fait avec bonheur
Une lecture qui respire
L'amour des vertus, de l'honneur ;
A l'esprit, au cœur il présente
Un digne, un sublime aliment ;
Puisse une jeunesse imprudente
En faire usage plus souvent !

SOUPIRS D'UN CARABIN,

Au sein des ennuis innombrables
Dont s'environne un carabin,
Un rêve des plus agréables
Vient le bercer dès le matin ;
Son âme au doux plaisir s'élance,
Loin du plus modeste séjour:
Elle rêve à l'aimable Hortense;
Elle rêve un parfait amour.

Songeant qu'une foule assassine
A, sans talent, un beau renom,
Il ne donne à la médecine,
Que peu de temps, d'attention;
Le soir près de l'aimable belle,
Impatient, il volera;
Au rendez-vous toujours fidèle,
Vers la mansarde il gravira.

Aux boulevards on se promène
Devant les joyeux baladins;
Le doux charme des sons amène
Devant les gais musiciens;
Au théâtre du mélodrame
On cherche des émotions;
Là, toujours on ouvre son âme
A la brise des passions.

Un dimanche le couple tendre
Au bal se rend élégamment,

Hortense ne peut s'y défendre
D'admirer maint lion charmant;
De son fidèle amant sans peine
Le charme se trouve effacé;
Bientôt dans l'amoureuse arène,
Le carabin est remplacé.

Combien son âme est désolée,
Tous les soirs quand il aperçoit
D'Hortense la vitre étoilée,
De la mansarde l'humble toit!
Ah! quelle émotion cruelle
Il ressent toujours en voyant,
Flanqué de sa perfide belle,
Un dandys, un heureux amant!

LE COIFFEUR.

J'étais bon coiffeur autrefois,
Je fis souvent tourner la tête
A des belles dont le minois
Vint poser sous ma main coquette ;
Avec mon art propice aux ris
Et cher à des grâces piquantes,
Je savais coiffer les maris,
Au gré de leurs femmes charmantes.

Lorsque j'étais encor gamin
Je n'avais pas très-bonne enseigne,
Au camarade un peu malin
Je donnais bien le coup de peigne
A mes mains souvent adhérait
De mon rival la chevelure,
C'était l'emblême du toupet
Que me destinait la nature.

Oh! oui, j'avais un fier toupet
Sous la coiffure militaire;
Souvent mon bras guerrier faisait
La barbe au rival téméraire;
Avec noblesse je faisais
Là barbe au sein de la bataille
Au Russe, au Prussien, à l'Anglais,
Sous les boulets, sous la mitraille.

Rentré dans les rangs du bourgeois
Que l'égoïsme civilise,

J'ai su rencontrer bien des fois
Des gens qu'un triste sort défrise,
Plus d'un fat bien huppé, bien fier
D'une faveur qui nous étonne,
Verra les fers modifier
Enfin son toupet, sa personne.

Au fripon qui du sentiment
N'exhale pas le doux arôme,
Je réserve un parfum charmant,
Une pommade, un divin baume;
Pour voiler des instincts hideux,
Une âme sale, diabolique,
Je possède un fard merveilleux,
Un fard éclatant, magnifique.

LA QUININE.

Il est une substance amère
Dont les effets sont merveilleux ;
C'est la quinine si prospère,
Enfant du quina si fameux ;
Devant une fièvre assassine,
Devant l'accès pernicieux,
La quinine est vraiment divine ;
C'est un noble présent des cieux.

Ah ! puissions-nous avoir sans cesse
Devant l'accès de vils instincts,
Une quinine enchanteresse
D'où jailliraient les plus grands biens !
Sur le buveur qui dans l'orgie
Ira se vautrer chaque soir,
Puisse une quinine chérie
Etendre son heureux pouvoir !

O vous ! qui du libertinage
Nous présentez les attributs,
Vous dont l'esprit aveugle outrage
La pudeur, les saintes vertus,
Devant l'accès d'une âme impure,
Du goût le plus incontinent,
Cherchez une quinine sûre
Dans le pieux enseignement.

Vils fripons dont la jonglerie,
Fait des victimes en tous lieux,

Qui du manteau d'hypocrisie

Voilez un cœur astucieux;

Contre les accès de rapine

Qu'abhorre la sage raison,

Cherchez une bonne quinine

Au sein de la religion.

Vous dont le bras éteint la vie

Du voyageur dans les forêts,

Vous, brigands dont l'ignominie

A flétri le nom pour jamais;

Contre les accès de furie

Où se lève un bras assassin,

Appelez la quinine amie

Que nous verse l'esprit divin.

LE MOIS DE MARIE.

Pour fêter la Vierge sublime,
Mère d'un Dieu, de Jésus-Christ,
La mère dont le cœur exprime
Une vertu qui nous séduit,
On lui consacre de l'année
Le mois le plus délicieux ;
A cette Vierge est destinée
La fleur qui sait charmer nos yeux.

En hommage de la tendresse
Dans le temple sachons offrir,
A cette mère enchanteresse
La rose qui vient resplendir;
Que du lys le riant pétale,
Doux emblême de la candeur,
Vers l'adorable Vierge exhale
Un parfum divin, enchanteur.

Que sur l'aile de l'ambroisie
Qui se dégage de la fleur,
S'élève de l'âme attendrie
Une penser brûlant de ferveur!
Oui, la prière bien fervente
D'un cœur pieux, d'un cœur contrit,
Est l'encens dont l'arôme enchante
Cette Vierge qui nous ravit.

Venez, venez, ô jeune fille,
Au pied du vénérable autel

Adorer la Vierge qui brille
D'un éclat superbe, éternel ;
Avec la fleur délicieuse
Offrez l'arôme séduisant
D'une âme pure, affectueuse
Où la foi règne constamment.

Ainsi qu'à la vierge timide
La sainte Vierge accordera,
Pour vous, enfants à l'œil candide,
Un appui qui vous soutiendra.
Venez, venez au sanctuaire,
Le cœur brûlant de foi, d'amour,
Adorer la plus tendre mère,
Dont l'œil vous couve nuit et jour.

PHASES DE LA LUNE DE MIEL.

On nous parle souvent
D'un astre favorable,
Qui pour le tendre amant
Est surtout bien aimable ;
Il roule dans un ciel
Où l'amour pur domine,
C'est la lune de miel,
Cette lune divine.

Cet astre des amours
Ainsi que l'autre lune,
Présente dans son cours
Sa phase, sa fortune ;
Soudain germent pour nous,
Quand la lune est nouvelle,
Et le fruit le plus doux,
Et la fleur la plus belle.

A son heureux croissant,
Cette lune jolie
Fait rouler sur l'amant
La céleste ambroisie.
La douce illusion,
Loin du sombre nuage,
Sous le plus beau rayon
Appelle un beau mirage.

La lune est à son plein,
Une mer se dévoile,

Où le plaisir divin
Nous lance à pleine voile ;
De Vénus, du berger
L'étoile séduisante
Vient alors propager
Sa lueur ravissante.

A son triste décours
Cette lune charmante,
Vient chasser des amours
La foule sémillante ;
Au bonheur inconstant
Vont succéder la peine
Et parfois ce croissant
Qu'un front sombre promène.

LE CLAIR DE LUNE.

Combien j'aime le clair de lune
Succédant au jour du printems,
Quand de sa lumière opportune
Il guide les tendres amants !
Que j'aime ces belles étoiles
De Phœbé composant la cour,
Emaillant de la nuit les voiles,
Effaçant l'éclat d'un beau jour !

Dans une lumière incertaine,
Jeunes amants, promenez-vous,
Et loin de la foule mondaine
Cherchez l'aimable rendez-vous ;
Sous une lueur bien limpide
Qui s'épanche du haut des cieux,
Prenez de Minerve l'égide,
Mais resserrez de tendres nœuds.

O vous ! dont la mélancolie
Tous les jours assombrit le cœur,
A cette clarté réfléchie
Venez alléger la douleur ;
Dans un souvenir agréable
Cherchez un tableau consolant,
Songez à la femme adorable
Qui vous aima bien constamment.

Bon vieillard, au soir de la vie,
Tu n'as plus les reflets charmants

Que de la tendre sympathie
Projettent les feux séduisants ;
Remonte au jour de ta jeunesse,
A cet âge heureux, enchanteur,
Où la folie et la tendresse
Epanchaient sur toi le bonheur.

Contemple ces globes sublimes
Qui rayonnent avec splendeur,
Songe que des amis intimes
Y goûtent le parfait bonheur ;
Fais-toi des vertus honorables
Un cortége délicieux,
Emblème des astres aimables
Dont Phœbé s'entoure à nos yeux.

AUX JARDINIERS.

Ennoblissez le jardinage,
En cultivant les fruits, les fleurs ;
D'une horticulture bien sage
Montrez les effets enchanteurs ;
Que dans vos jardins tout respire
Un noble goût qui charmera ;
En doux souvenir de l'Empire
Que l'impériale soit là.

Comme un délicieux emblème
D'un Empereur qui nous ravit,
Que dans nos parterres on sème
Le soleil dont l'éclat séduit ;
En symbole, en riant ombrage,
Elevons de beaux grenadiers,
Qui nous diront le grand courage,
Les hauts faits des plus beaux guerriers.

Pour traduire une renommée
Qui dans tout l'univers ira,
Signaler les preux de Crimée,
Tous nos soldats de Magenta,
Ayons, en souvenir fidèle
Le rameau de brillants lauriers,
La corolle de l'immortelle
Qu'on doit jeter à nos guerriers.

A présent qu'un charmant ombrage,
Que le doux olivier de paix

A conjuré l'affreux orage,

Eloignons le triste cyprès;

Cultivons le myrte agréable

Qui rappelle aux tendres amours;

Et que pour la femme adorable

Les roses brillent tous les jours.

Sachez, sachez offrir la pomme

A la plus aimable beauté;

La violette, au doux arome,

Est pour l'honneur sans vanité;

Pour la soif on aura la poire,

Mais savourez de temps en temps,

Ce doux jus que l'on aime boire

Avec des convives charmants.

LA GUERRE ET LA PAIX.

Si l'étranger vers nous s'avance
Pour détruire nos libertés,
Pour briser l'auguste puissance
Dont nous sommes tous enchantés,
Oui, d'un empereur tutélaire,
S'il veut nous ravir les bienfaits,
Courons, courons tous à la guerre,
Fuyons les douceurs de la paix.

Un peuple allié qu'on outrage,
Qu'on charge d'un joug trop pesant,
Appelle enfin notre courage,
Pour lui marchons tous vaillamment;
Oui, pour la nation amie
Faisons briller l'honneur français;
En révélant la sympathie
Fuyons les charmes de la paix.

Il est beau d'être magnanime,
D'aller moissonner des lauriers,
D'avoir le courage sublime
Des Bayard, des preux chevaliers;
Oui, toujours on aime à redire
Des Napoléon les hauts-faits;
Mais qu'avant tout l'âme soupire
Après les douceurs de la paix.

Il est beau d'avoir la noblesse,
Tous les insignes de l'honneur,

Mais on aime à trouver sans cesse
Vers chaque plage le bonheur ;
A la science, à l'industrie,
Donnez vos soins, jeunes Français !
De nos arts la foule publie
Les fruits consolants de la paix.

Parcourez le champ du carnage ;
Là, que de soldats généreux
Tombent sous les coups de l'orage,
Et vont de pleurs baigner les yeux !
Voyez la douleur d'une mère
Regrettant les plus doux attraits,
Entendez gémir ce vieux père,
Ah ! vous saurez aimer la paix.

Jeunes soldats, à vos maîtresses,
Vous aimez redire à jamais
Vos faits, vos brillantes prouesses,
Qui font l'honneur du nom français ;

Mais j'ai vu la peine accablante
Vous déchirer de cruels traits,
Quand vous partiez loin d'une amante
Qui vous faisait chérir la paix.

Ah! si la discorde sanglante
Entre deux peuples éclata,
Qu'une religion touchante
Pour éteindre les feux soit là ;
Puissions-nous voir mainte puissance
D'un veto jeter les bienfaits,
Et se poser en providence
Pour immortaliser la paix.

LE BAISER.

—◦◦—

Ah ! qu'un doux baiser a d'empire,
Il fait éclore le bonheur;
Le guerrier dans un beau délire
Lé rêve encore au champ d'honneur;
Jadis il faisait la devise
De nos troubadours gracieux,
L'espoir d'un baiser électrise
Le poète délicieux.

Si le regard d'une sylphide,
Où l'amour versa mille attraits,
Fait jaillir de son feu rapide
Un charme attrayant des plus vrais,
C'est qu'il vient jeter l'espérance
D'un baiser suave, charmant,
Qu'appelle avec tant de constance
Le soupir d'un fidèle amant.

Combien de l'amitié sincère
J'aime le baiser caressant !
Dans ce baiser un œil sévère
Ne voit qu'un plaisir innocent;
A l'enfant dont l'âme est si pure,
Dont le cœur vierge est si touchant,
Donnons, au gré de la nature,
Le baiser d'un ami constant.

Combien les enfants sont aimables
Aux yeux de leurs tendres parents,

Aux yeux de mères adorables

Dont les cœurs sont d'amour vibrants!

Le baiser si cher d'une mère

Est un bienfait délicieux,

Pour l'enfant qui voit sur la terre

Dans sa mère un ange des cieux.

On voit au sein du mariage

Des baisers qui sont un peu froids,

Et dans ce bas pèlerinage

Il est de faux baisers parfois;

Il en est où la perfidie

Vient semer d'ignobles appâts,

Le cachet de l'ignominie

Marque les baisers de Judas.

LE REGARD.

Il est bien sûr que le regard
Est du cœur le miroir fidèle;
En dépit des voiles, du fard,
Dans les yeux l'amour se révèle;
Dans un beau minois de quinze ans
Le regard lance une étincelle,
Un éclair des plus séduisants,
Source d'une flamme éternelle.

Avec quel charme, quel bonheur

L'amant de sa jeune maîtresse

Reçoit le regard enchanteur,

Gage chéri de la tendresse!

Il rêve du matin au soir

Ce regard qui fit son délice,

Et qui, s'il vient trahir l'espoir,

Fera le plus cruel supplice.

J'aime un regard où l'amitié

Traduit sa gracieuse flamme,

Et l'œil où la tendre pitié

Signale un doux élan de l'âme;

Avec quel délice un enfant

Voit la figure d'une mère,

S'éclairer d'un regard charmant

Empreint de l'amitié sincère !

Quel feu monte dans ces regards

Où vibre l'affreuse colère,

Où la haine avec tous ses dards,
Semble vous déclarer la guerre!
Ce regard farouche où le cœur
Montre sa rage sanguinaire,
Soudain vient glacer de terreur
Une âme qui n'est pas guerrière.

Pour tous les cœurs ambitieux
Il est un regard bien aimable,
C'est le regard respectueux
Qu'appelle un mérite honorable;
A l'élève sous le laurier,
Au savant de l'Académie,
A l'orateur, au fier guerrier,
Combien ce regard fait envie !

LES TEMPÊTES.

Ah! que de maux viennent répandre
Et sur la terre et sur les mers,
D'affreuses tempêtes qu'engendre
L'élan impétueux des airs!
Le vent sait briser dans les plaines
L'arbre couvert de fleurs, de fruits;
La rafale, des brillants chênes,
Au loin disperse les débris.

Le vent détruit le beau calice

De nos plus agréables fleurs;

Il sait abîmer l'édifice,

Les châteaux les plus enchanteurs;

Il va surtout porter sa rage

Sur les vaisseaux, l'humble nocher,

Et va promener le naufrage

Sur les écueils, l'affreux rocher.

Il est encore des tempêtes

Que vont souffler nos passions

Au milieu des cœurs et des têtes,

En brisant de faibles raisons;

Sur le chemin le plus suave,

A travers de brillantes fleurs,

La tempête vient sans entrave

Vers les écueils jeter les cœurs.

Trop souvent l'aveugle jeunesse

Va sur l'océan des amours,

Sur le chemin de l'allégresse
De nuages couvrir ses jours;
Dans son cœur trop léger s'allume
Le feu d'un orage éclatant,
Bientôt la plus funeste brume
Flotte au gré d'un funeste vent.

Quand des ambitions le rêve
Domine la folle raison,
A l'heureux calme point de trêve,
L'âme a son fougueux aquilon;
La tempête alors nous emporte
Dans son tourbillon dangereux,
Et le bonheur ferme sa porte
Devant le cœur trop soucieux.

LA BARBE BLANCHE.

Assurément la barbe noire
Sur un teint de roses, de lys,
Et même sur un teint d'ivoire,
Offre un aspect des plus jolis;
Elle vient offrir le symbole
D'un âge riant, enchanteur;
Mais quand cet âge heureux s'envole,
Des barbes j'aime la blancheur.

La barbe blanche est vénérable,
Elle commande les respects,
Même au rang du fashionable
Qui des mœurs se rit à jamais;
On aurait tort de la soumettre
Au pouvoir de l'acier tranchant,
Surtout lorsque rien ne fait naître
Pour nous le respect consolant.

Je ne vous parle pas, sans doute,
De ces barbes où les poils blancs
Sans nul charme vont dans leur route
Heurter des poils noirs languissants;
Je ne songe pas davantage
A ces poils d'un aspect fâcheux,
Qui savent présenter l'image
De ces fruits vieillis et mousseux.

Je n'aime pas la vieille tête
Qui, pour voiler la faux du temps,

Révèle de la femmelette
A nos yeux les goûts peu séants;
Croyant rappeler du jeune âge
Les charmes, les attraits riants,
Elle fait tomber l'assemblage
De ses poils, ses vieux ornements.

Oui, tout doit être en harmonie
Sur la peau de toutes les gens;
Sur la peau vieille, raccornie,
Il faut des cheveux blanchissants;
Si l'on veut de la couleur noire
Les teindre, on nous rappellera
Bien mieux la rainette ou la poire
Que la vieillesse enfin rida.

AUX RICHES.

Vous que la fortune prospère
A comblés d'immenses bienfaits,
Les plaisirs charmants de la terre
Sur vos pas volent à jamais;
Des châteaux, des palais sublimes
Vous font des abris séduisants,
Des gens sortis de rangs infimes
Vous prodiguent des soins constants.

Sous vos toits règne l'abondance,
Au sein des plus brillants repas
Fume la divine pitance,
Les fins mets, les vins délicats;
Là, vous ralliez la folie,
Les convives les plus joyeux,
Et surtout la femme jolie
Avec l'amour, les ris, les jeux.

Chez vous éclate l'opulence
Dans les habits délicieux,
Les plus beaux coursiers de la France,
Les équipages somptueux;
Le concert, le bal admirable,
Les spectacles les plus riants,
La chasse, le voyage aimable
Vont charmer vos loisirs constants.

A la mollesse qui ravale
Vous joignez de beaux attributs;

Auprès de l'urne électorale

Vous percevez d'heureux tributs;

Au dédale fâcheux, perfide

Où vient nous appeler Thémis,

Trop souvent l'intérêt cupide

Vous a fait de nombreux amis.

Vous que la fortune protège,

Jetez un regard plus bénin

Sur la misère et son cortège,

Sur le pauvre qui meurt de faim;

Vous faites gaiement sur la terre

Un voyage qui finira;

A tout moment d'un Dieu sévère

Oui, sur vous le regard plana.

AUX PAUVRES.

Combien ton sort est malheureux,
Combien ta douleur est amère,
Toi, que nous voyons en tous lieux
En proie à l'affreuse misère !
Le plus horrible dénuement,
Des angoisses la plus cruelle,
Oui, voilà ce qu'à tout moment
A ton foyer le sort appelle.

Devant toi quel tableau touchant !
Un groupe que la faim torture,
Des enfants dont le cri navrant
Briserait l'âme la plus dure ;
Une épouse qu'un tendre amour
Vient lier à ta destinée,
Et qui la nuit comme le jour
Aux larmes se voit condamnée.

Pour toi sont fermés tous les cœurs,
Pour toi l'âme est indifférente ;
Plus de pitié pour les malheurs,
Partout la misère est glaçante ;
Le hideux égoïsme est là,
L'intérêt fait le seul mobile ;
On donne à qui nous donnera
Oui, des cœurs la vertu s'exile.

Tu ne peux défendre tes droits :
De la fortune la puissance

Trop souvent désarma les lois,
En dépit de la conscience;
Tu perds ta douce liberté,
Auprès de l'urne électorale;
Abjurant même l'équité,
Là, tu sers l'intrigue infernale.

Pauvre artisan, console-toi,
Il est une bonté sublime
Qui fait l'espoir de l'humble foi,
L'espoir du travailleur infime;
Oui, Dieu jette un regard d'amour
Sur ton malheur, sur ta détresse,
Tu verras succéder un jour
A tes maux la pure allégresse.

AU VOILE.

Dans le cloître, au boudoir, tu plais,
Toi dont le pli gazeux abrite ;
Oui, des plus ravissants attraits
Ton flot relève le mérite ;
Un regard sait toujours charmer
Sous une paupière mignonne ;
La beauté sait nous enflammer
Lors qu'un demi jour l'environne.

J'aime ces rayons lumineux
Que vers nous a lancés l'aurore,
Sous un nuage gracieux
Qu'avec splendeur elle colore ;
J'aime aussi les reflets du soir
Quand l'atmosphère nébuleuse
A nos regards laisse entrevoir
Du soleil la lueur douteuse.

Il faut un voile à la pudeur,
On fuit bientôt la beauté nue ;
Oui, l'attrait le plus enchanteur
Sans voile enfin lasse la vue ;
Que j'aime le riant bouton
De la rose qui doit éclore,
Lorsque son pétale mignon
S'entr'ouvre au rayon de l'aurore !

O voile combien tu déplais
Quand tu revêts l'hypocrisie,

Le vil intrigant, le fripon,

Le cœur souillé par l'infamie ;

Trop souvent de l'ambitieux

Tu viens recouvrir l'égoïsme ;

Tu flottes sur des cœurs hideux

Où l'œil croit voir le beau civisme.

En vain de l'homme ambitieux

Tu veux cacher la flamme ardente,

De son âme on verra les feux

Percer la gaze transparente ;

L'ambition, dans le lointain,

Peut aisément tromper la vue ;

L'artiste sait poser au loin,

Sur la colonne une statue.

AU CAFÉ.

Viens nous apporter le bonheur,
O café, liqueur si chérie,
Ah ! verse un plaisir enchanteur
Sur la langue qui te supplie ;
De nos maux épanche l'oubli,
En léthé propice, admirable ;
Viens tous les jours chasser l'ennui
Loin de nos cœurs, loin de la table.

Ah! combien j'aime ta saveur !

Enfant de Moka, tu rappelles

Ce nectar divin qu'apprêta

Une déesse des plus belles ;

Non, jamais Hébé pour les dieux

Ne put servir une ambroisie,

Dont le goût fût délicieux

Autant que toi, liqueur amie.

Ah ! tu sais encore ajouter

A la saveur la plus aimable,

Un arome qui sait monter

Vers le nez en flot délectable ;

Rien n'est si doux que ton odeur :

Le daphné, l'humble violette,

N'ont jamais le charme flatteur

Que ton parfum si doux nous jette.

Tu sais même enchanter les yeux

Par ta couleur vraiment aimable,

Lorsqu'un lait pur, délicieux,
Avec toi se marie à table.
Alors tu deviens nourrissant,
Tu raffermis l'économie,
Qui cherche en toi le stimulant
Lorsque tu reçois l'eau-de-vie.

Sous l'humble toit, de l'indigent
Tu vas consoler la misère ;
Tu jettes un voile charmant
Sur un tableau qui désespère ;
Oui, j'aime à voir couler tes flots
Dans le foyer de l'infortune,
Toi qui fuyais vers les châteaux,
Vers le palais de la fortune.

AU JEUNE MARIN.

Pourquoi vas-tu, jeune marin,
Braver les flots et la tempête ?
Je vois planer le noir destin
Sur le navire que tu frètes ;
Redoute l'écueil dangereux
Qui surgit non loin de la plage,
Redoute le trépas affreux
Qui doit succéder au naufrage.

Si tu devais, au fond des mers,

Entrer dans la grotte jolie

De l'Amphitrite que j'aimais

En lisant la mythologie ;

Si le naufragé recevait,

De la nymphe mignonne et tendre,

L'accueil gracieux qu'il rêvait,

Je saurais enfin te comprendre.

Demeure sur le continent,

Mais ne va pas trop à la voile,

A fond de cale on va souvent

En suivant la trompeuse étoile ;

Monte la barque des amours

Sous une brise favorable,

Tu sauras par un charmant cours

Aller au port le plus aimable.

Tu peux avec un gai patron

Voguer au fleuve de la vie,

Mais ne fuis jamais la raison,
Fuis toujours l'aveugle folie ;
Reçois à ton bord la gaieté,
C'est un pilote salutaire ;
Tends des filets à la beauté,
Deviens pour elle un doux corsaire.

Tu peux, sans traverser les mers,
Comme sur de lointaines plages,
Voir des costumes fort divers,
Les plus bizarres personnages ;
Tu sauras trouver maintes fois
Des habitudes singulières,
Des Chinois et des Iroquois
Les coutumes les plus grossières.

UNE AURORE PRINTANIÈRE.

———

L'ombre s'enfuit, quel Orient !
On dirait qu'une main puissante
A coloré le firmament
De la teinte la plus brillante ;
Je vois des roses la splendeur ;
Le plus frais rubis étincelle,
Tout présage un ciel enchanteur,
Où l'azur charmant se révèle.

12

La brise jette sur nos pas,
Une ravissante ambroisie,
Que lancent les riants appas
De la corolle épanouie ;
Sur les prés émaillés de fleurs,
Sur le champ, l'ondoyant ombrage,
L'eau qui doit monter en vapeurs
Des diamants offre l'image.

Le laboureur gagne en chantant
Ses guérêts, sa féconde terre ;
Il sait par un gracieux chant
Préluder au labeur prospère ;
Par des accents mélodieux
L'oiseau, dans le joli bocage,
Vient saluer l'astre des cieux,
Qui d'un Dieu nous semble l'image.

Le tendre amour vient dans les cœurs
Allumer sa vive étincelle ;

A des plaisirs doux, enchanteurs,
Un instinct pressant nous appelle;
L'oiseau vient dire ses amours
Sous les berceaux du vert feuillage;
Les lions, les tigres, les ours
Pour aimer suspendent leur rage.

Sachons aimer bien tendrement
L'auteur divin de la nature,
Un Dieu qui toujours bienveillant
Des bienfaits comble la mesure;
Brûlons pour lui de nobles feux
Qui deviendront la belle aurore,
Du jour brillant qui dans les cieux
Pour la sagesse doit éclore.

LE BOCAGE.

Que j'aime ce riant bocage
Aux jours gracieux du printemps !
Là, je vois l'ondoyant ombrage,
Qui se balance au gré des vents ;
J'admire la belle verdure
Qu'émaillent de brillantes fleurs :
La fraîcheur de l'eau qui murmure
A la paix invite les cœurs.

Je vois la gentille bergère
Assise au bord du clair ruisseau,
Où sa figure printanière
Réfléchit l'éclat le plus beau ;
Dans sa main aristocratique
Elle tient de jolis bluets,
Dans son regard mélancolique,
De l'amour brillent les reflets.

La brebis douce, caressante
Vient jouer avec son agneau,
Ou paître l'herbe nourrissante
Non loin du paisible ruisseau ;
Oui, son bonheur doit faire envie,
Chez elle point d'amers regrets,
De la bergère elle est chérie,
Son cœur vibre au sein de la paix.

Sur le rameau, sous le feuillage,
L'oiseau léger et gracieux

Vient nous charmer par son ramage,
Par ses accents délicieux ;
Dès le matin dans la prairie
Il vient soupirer ses amours ;
Ses chants, empreints de mélodie,
Vont saluer l'astre du jour.

Que j'aime sous la feuille amie
Recueillir les flots ravissants
De la plus suave harmonie,
Au milieu de concerts charmants !
Combien j'aimerais sous l'ombrage
Dîner avec de gais amis,
En sablant l'Aï, l'Hermitage,
En savourant des mets exquis.

LE VIEUX TROUPIER.

Un porteur de vieille moustache
Apparaît souvent à mes yeux, .
A lui comme un lierre s'attache
Le respect des gens vertueux ;
Il sut dans les champs de la guerre
Assiéger le fort menaçant ,
Aujourd'hui la triste misère
Vient l'assiéger à tout moment.

Briguant les lauriers de la gloire,
Il courait au sein des combats
Après l'honneur de la victoire,
En bravant les coups du trépas;
Aujourd'hui vers le but suprême
Où vont s'endormir les héros,
Il marche sans regret extrême,
Il marche à la paix, au repos.

Autrefois son âme légère
S'élançait au riant lointain,
Une espérance tutélaire,
Lui promettait l'heureux destin;
A présent vers un temps prospère
Il aime à jeter ses regards,
Il aime à conter de la guerre
Tous les combats, tous les hasards.

Il va parfois à la guinguette
Noyer les plus fâcheux soucis;

Il va chercher une goguette
Qui rappelle ses vieux amis ;
Le petit vin chez lui ramène
La gaîté qui le délaissait ;
La médaille de Sainte-Hélène
Vient aussi charmer son régret.

Au pied du mur, sur une borne,
Il va regarder les passants,
Qui le voient d'un œil un peu morne,
Qui l'ont oublié dès longtemps ;
De même on oubliera la vieille
Où brillaient jadis mille attraits,
De même on laisse la bouteille
Qui n'a plus rien pour les gourmets.

LE PARTERRE.

En parlant du riant parterre
Je ne dois pas jeter les yeux
Sur la foule souvent légère
Que Thalie appelle à ses jeux ;
Sur une foule réjouie.
Par le beau talent des acteurs,
Par les doux flots de l'harmonie,
Les accents les plus enchanteurs.

Je songe au parterre agréable
Émaillé de brillantes fleurs,
A la rose toujours aimable
Jetant de suaves odeurs ;
Je vois sur la zône jolie
Le daphné, le lilas charmant,
Marier leur douce ambroisie
Au parfum du lys ravissant.

Que j'aime à voir le beau pétale
Étaler de riches couleurs,
Le rubis, l'albâtre, l'opale,
Un azur des plus enchanteurs !
Combien j'aime à voir l'étamine
Caresser amoureusement
La corolle fraîche, divine,
Ou baiser le pistil brillant !

Combien j'aime la promenade
Que bordent les fleurs et les fruits

Entre l'éclatante grenade,
Le daphné, le jasmin, les lys !
Avec bonheur je me repose
Sous un ombrage, un gai berceau,
Que viennent parfumer la rose
Le myrthe, et le lilas si beau.

Allons respirer l'oxygène
Devant les gais compartiments,
Que borde la riante arène,
A travers des groupes charmants ;
Mais songeons au divin parterre
Dont l'éclat brille dans les cieux,
A l'Eden si beau, si prospère,
Où vont tous les cœurs vertueux.

L'AME.

On a deux principes en soi,
L'un n'est qu'une vile matière,
L'autre qui la domine en roi
A nos regards est réfractaire ;
Dans le principe immatériel
Qu'un Dieu lui-même nous révèle,
On voit un don brillant du ciel,
On sait voir une âme immortelle.

L'âme doit échapper aux coups
De la mort trop souvent cruelle,
Un Dieu toujours veillant sur nous
Dans un autre monde l'appelle ;
Envers nous tous, ce Dieu fera
Éclater enfin sa justice ,
A notre âme il dispensera
Ou le bonheur, ou le supplice.

Toi, dont l'esprit vibrant d'honneur,
Ne rêvant que philanthropie,
En tous lieux sème le bonheur,
Exhale sa pure ambroisie ;
Toi dont la noble charité
Partout console la misère,
Oui, pour toi la divinité
A jamais deviendra prospère.

Toi, sur qui d'horribles méfaits
Attachèrent l'ignominie,

Toi, sur qui des instincts abjects
Impriment toujours l'infamie,
Tu viendras au fond des enfers
Subir un éternel supplice,
Sur toi, le Dieu de l'univers
Doit faire peser sa justice.

Non, tu ne penseras jamais
Que ton âme soit périssable;
Tu sais bien qu'elle échappe aux traits
De cette mort inexorable;
Jamais, jamais tu ne sauras,
Armé du poignard homicide,
Appeler sur toi le trépas,
Chercher l'horreur du suicide.

LA FOI CATHOLIQUE.

Oui, l'homme qu'une sainte foi
Embrase d'un feu salutaire
Doit goûter le plus doux émoi,
Sous le dôme du sanctuaire;
Il se voit en face d'un Dieu
Lui vermisseau, lui frêle atôme;
Il brûle alors d'un tendre feu
Que la foi verse au cœur de l'homme.

Devant un souvenir touchant,
Devant une image sublime,
Du sacrifice où tendrement
Un Dieu se posait en victime,
Oui, devant l'office pieux
Qui nous retrace le Calvaire,
Oui, pour un Dieu si généreux,
Éclate un amour bien sincère.

L'homme alors verra sans terreur
Le tribunal de pénitence ;
Il voudrait y laver son cœur,
Les replis de sa conscience ;
Ah ! quel est son ravissement
Quand il s'approche de l'hostie,
Lorsqu'en lui-même elle descend,
Lorsqu'à lui-même elle est unie !

Devant le spectacle imposant,
Dans l'extase la plus suave,

13

L'âme voudrait incessamment
Abandonner, fuir son entrave ;
Elle voudrait aller aux cieux
Cueillir la douce récompense,
Qu'a promise au cœur vertueux
Une divine Providence.

Oui, dans les cieux un vrai croyant
Aperçoit le séjour tranquille,
Où l'homme juste, bienfaisant
Doit trouver le plus bel asile ;
Il voit là de tendres parents
Qui l'aiment d'un amour bien tendre ;
Il y voit des amis charmants
Qu'un Dieu touché saura lui rendre.

L'AMOUR DE DIEU.

Comment ne pas aimer un Dieu
Extrême dans sa bienfaisance !
Pour lui doit s'allumer un feu
D'amour et de reconnaissance ;
Si de notre œil observateur
Partout le regard se promène,
Partout nous voyons le bonheur
Montrer la bonté surhumaine.

Pour éclairer, guider nos pas,
Un Dieu fit jaillir la lumière ;
On ne pourrait vivre ici-bas
S'il n'eût fait surgir l'atmosphère.
Sous l'azur éclatant des cieux
Je vois rouler de beaux nuages,
D'où s'élance à nos champs heureux
Une eau féconde en avantages.

Voyez ces ravissantes fleurs
Qui des jardins font le délice,
Et ces ombrages enchanteurs
Où l'amant s'abrite, se glisse;
Contemplez ces belles moissons,
Source d'un aliment prospère,
Eh bien ! ces admirables dons
Acclament le Dieu tutélaire.

Dieu sait pourvoir à nos besoins,
Au sein d'une belle nature

Il présente des fruits divins,
Une suave nourriture ;
Il nous offre des animaux
Le lait, la chair, la toison molle,
La vigueur, les rudes travaux.
Aimons un Dieu si bénévole.

Loin d'aimer ce Dieu bienfaisant,
Tous les jours, hélas ! on l'outrage.
On voit d'un œil indifférent,
Les biens que vers nous il propage ;
Il pourrait soudain nous punir,
Avec l'arme de la justice,
Mais il sait toujours nous chérir,
Toujours nous voir d'un œil propice.

A L'ATHÉE.

Promène en sage ton regard,
Relève tes pensers infimes,
Et tu verras si le hasard
Fit tant de merveilles sublimes ;
Tu verras s'il a pu former
Le grandiose, l'harmonie,
Où viendra toujours s'imprimer
D'un Dieu la sagesse infinie.

Devant le tableau radieux
Qu'à nos regards le ciel présente,
Devant le cours si merveilleux
De la planète rayonnante,
A l'aspect du nuage épais
Qui verse une onde salutaire,
Tu verras dans tous les bienfaits
Un Dieu sage, un Dieu tutélaire.

Vois tous ces arbres gracieux,
Qui viennent ombrager la terre,
Et tous ces fruits délicieux,
Dont l'usage est si nécessaire ;
Regarde nos belles moissons
D'où sort l'aliment de la vie,
Dis-nous alors si nous devons
Enfin partager ta folie.

Promène un regard curieux
Sur les organes de la vie,

Sur tous les ressorts merveilleux
De la vivante économie ;
Vois les humeurs, les flots du sang,
Que l'esprit vital élabore,
Ne diras-tu pas à l'instant
Qu'un Dieu sage les fit éclore ?

Pénètre enfin tous les secrets
D'une superbe intelligence,
Viens en contempler les effets
Sous les rayons de la science ;
Du cœur, du noble sentiment
Vois jaillir la brillante flamme ;
Alors tu diras à l'instant
Qu'un Dieu seul put former notre âme.

LA PRIÈRE.

Au ciel adressons nos prières
Pour nous trop souvent malheureux;
Pour nous pécheurs et tous nos frères,
Prions en hommes généreux;
Une prière bien fervente
Nous verse un espoir bien riant,
Contre la douleur déchirante
Elle est un baume consolant.

Prions le Sauveur tutélaire
Qui pria pour tous les humains,
Prions son adorable mère
Que sauront toucher nos chagrins ;
Vers le ciel, en douce ambroisie
Nos soupirs doivent s'élancer ;
Vers tous les saints qu'on glorifie
Élevons un tendre penser.

Avec ferveur le monde prie,
Dans les cultes les plus divers ;
Au sein du malheur on supplie
Toujours le Dieu de l'univers ;
L'espérance alors nous enchante,
Elle est le bouton de la fleur
Que nos yeux voient resplendissante
Sous le doux rayon du bonheur.

Lorsque notre âme est embrasée
Par le feu de la passion,

La prière est une rosée
Qui vient épurer la raison;
C'est une brise enchanteresse
Dont l'aile rafraîchit nos sens,
On marche alors vers la sagesse,
Nos pas ne sont plus chancelants.

Prions, prions, je vous supplie,
Pour tous les êtres malheureux,
Prions surtout pour la patrie,
Si digne des plus tendres vœux;
Le prince généreux, sublime,
Qui règne sur la nation,
Des Français appelle l'estime,
L'amour, la pieuse oraison.

MES ÉTATS DE SERVICE.

—❦—

Oui, j'ai servi beaucoup de maîtres,
Combattu sous bien des drapeaux,
Au sein de campagnes champêtres
J'ai souvent brisé mon repos ;
En repoussant l'indifférence
J'ai combattu pour l'amitié,
Mais aujourd'hui de ma constance
Elle rit sans nulle pitié.

Voulant jadis faire la guerre
Aux soucis, au chagrin rongeur,
J'allai dans les champs de Cythère
Faire éclater ma belle ardeur;
Auprès de gentilles grisettes
Que toujours la foule adora,
J'aspirais à maintes conquêtes,
Mais l'amour me licencia.

A travers les champs de la gloire
Je voulus cueillir des lauriers,
Je m'élançai vers la victoire,
A l'instar de nos preux guerriers,
Sous les drapeaux de la science,
Des muses, du noble Apollon;
J'ai vu tomber mon espérance,
Je n'ai trouvé que le guignon.

En voyant l'ardeur opportune
Mener aux succès enchanteurs,

Je voulus servir la fortune

Qui dispense l'or, les honneurs;

Voyant l'intrigue infatigable

Se prélasser au premier rang,

Loin d'une foule méprisable,

Oui, des grandeurs j'ai fui le champ.

Il est une heureuse bannière

Que nous devons suivre à jamais,

C'est le drapeau si tutélaire

De vertus riches en attraits;

En combattant le hideux vice,

Les instincts les plus dangereux,

On arrive au chemin propice

Qui mène au but le plus heureux.

A ROSALBA.

Ton beau corsage, en tige aimable,
Se balance légèrement ;
Ta bouche, corolle admirable,
Exhale un penser ravissant ;
De la rose, image chérie,
Cette bouche qui séduira,
Jette la divine ambroisie
De ta raison, ô Rosalba !

On va cueillir la violette,

Humble et timide fleur des champs,

Cueillir la rose si coquette

De nos bosquets les plus riants ;

Devant la beauté qui l'inspire,

Maint beau lion charmé voudra

Posséder l'objet qu'on admire,

Te cueillir, noble Rosalba.

Oui, sur le cœur, avec délices,

Le tendre amant pose la fleur,

Gage des plus douces prémices,

D'un amour qui fait son bonheur ;

Combien d'amis, dont la tendresse

Par de beaux feux se traduira,

Te poseraient avec ivresse

Sur leur cœur, belle Rosalba.

Afin d'aspirer l'ambroisie

Qui se dégage en doux torrent,

Vers la rose la plus jolie
On pose la bouche, un moment ;
Ah ! sans abjurer la sagesse
Qui toujours te dominera,
Que d'amis poseraient sans cesse
Deux lèvres sur toi, Rosalba.

Lorsqu'en rayon brillant, aimable
Un regard jaillit de tes yeux,
Quand sur ton visage admirable
Erre un souris délicieux;
Je songe au rayon que l'aurore
Avec douceur épanchera,
Sur la rose qui semble éclore
Pour la beauté, pour Rosalba.

14

A MON FAUTEUIL.

Témoin de mes humbles travaux,
O toi sur qui je me repose,
Viens, fauteuil, alléger les maux
D'un âge où brille peu la rose ;
J'ai vu des appuis qui souvent
Ont su tromper mon espérance,
Sur moi découle à tout moment
La faveur de ta bienfaisance.

Dans tes bras j'ai pendant longtemps
Savouré le plus cher délice,
Devant ces auteurs amusants
Qui toujours font la guerre au vice ;
Des bras m'ont serré quelquefois,
Avec l'essor de la tendresse,
Aujourd'hui tristement je vois
Qu'il est peu de franche caresse.

Tu n'as pas l'éclat fastueux
Où la fortune s'irradie,
Ni le charme si radieux
Des fauteuils de l'Académie ;
Tu n'as pas le reflet si doux
Du trône où brille la puissance,
Mais sur toi comme sur eux tous
On peut goûter la jouissance.

A mon printemps j'aurais été
Le plus fortuné de Chalonnes,

Si j'avais avec la beauté,

Oui, sur toi partagé mon trône;

Aujourd'hui sage, malgré moi,

Devant l'amitié qui m'enchante,

Bien souvent je trouve sur toi

Une allégresse ravissante.

Sur moi bientôt l'âge assombri

Doit épancher avec largesse

Les dégoûts et le sombre ennui,

Le cortége de la vieillesse ;

Humble fauteuil, oui, dans tes bras

Va reposer la maladie ;

A jamais chez moi tu verras

La plus sombre mélancolie.

LA RAZZIA.

Allez, courez, braves soldats,
A travers la plage africaine,
En bravant le plomb des combats
Volez où Bellone vous mène;
En faisant une razzia
Butinez, prenez ce qui tente;
Oui, prenez ce qu'il vous faudra
En allant semer l'épouvante.

Heureux enfants qui tous les jours
Allez au banc de la science,
Aux leçons d'un superbe cours
Nourrir le cœur, l'intelligence;
Comme dans une razzia,
Butinez, enflammés de zèle ,
De lauriers qu'on appréciera
Faites la moisson la plus belle.

O jeunes gens que le plaisir
Dans son gai tourbillon emporte ,
Des ris, des amours à loisir
Suivez la riante cohorte ;
Allez dans le brillant salon
Où vont se grouper tant de grâces,
De cœurs faire une ample moisson,
De triomphes marquer vos traces.

Vous que l'ardente ambition
Vient séduire par un doux rêve

Que vers un brillant horizon,

Un rang sublime vous élève ;

Allez, au chemin des honneurs,

Des trésors que votre âme adore,

Recueillir les aimables fleurs

Que pour vous le sort fait éclore.

Sachons faire une razzia

Dans le beau champ de la sagesse,

Dans ces pages où brillera

Une morale enchanteresse ;

Allons recueillir ces vertus,

Source d'une volupté pure,

Source des biens qu'à ses élus

Garde l'auteur de la nature.

BESOIN D'AIMER.

Sans la tendresse on ne pourra
Concevoir un bonheur durable,
Bientôt le sombre ennui viendra
Si les yeux ne voient rien d'aimable ;
L'amour est un besoin constant,
Il semble à nos cœurs nécessaire,
Comme à la vie un aliment,
A notre sang une atmosphère.

Voyez ce pauvre malheureux,
Cet aveugle qu'on abandonne,
Il porte un cœur affectueux,
Mais il n'est chéri de personne;
Un chien lui prodigue le soin
D'un ami, d'un généreux zèle,
Et le pauvre aveugle à son chien
Consacre une amitié fidèle.

Déjà l'aimable sentiment
De l'amitié, de la tendresse,
Éclate chez le jeune enfant
Qui semble né pour la caresse;
On voit réfléchi dans ses yeux
Le feu charmant de sa belle âme,
Devant ses parents amoureux,
Devant ce souris qui l'enflamme.

Quand la jeunesse est dans sa fleur,
Quand l'amour sur le plus bel âge

Jette les roses du bonheur,
Fait briller son divin mirage;
Qui ne sent les plus tendres feux
S'allumer au fond de son âme,
Devant les plus aimables yeux,
Devant la plus gentille femme?

Bon vieillard, toi que le malheur
Accable de son joug terrible,
Toi qu'environnent la froideur
Et l'abandon le plus horrible;
Il te reste encore un ami,
Un Dieu que toucheront tes larmes,
Que ton âme s'élance à lui,
Il saura bannir tes alarmes.

LES ÉTOILES.

Que j'aime ces belles étoiles
Dont les rayons resplendissants,
En perçant de la nuit les voiles
Éclairent les tendres amants !
Puisse le ténébreux nuage
Dérober ces brillants reflets,
A ce brigand qui sur la plage
Veut semer les plus noirs forfaits.

Lorsque la fleur de ma jeunesse
Exhalait l'arome enchanteur,
Qui savait plonger dans l'ivresse
Mes sens, mon esprit et mon cœur,
J'aimais l'étoile radieuse
Et du berger et de Vénus,
De leurs feux la lueur douteuse
Aujourd'hui ne me charme plus.

Lorsque la flamme ambitieuse
Echauffe l'esprit et le cœur,
Au sein d'une route scabreuse
L'homme s'élance avec ardeur;
Il rêve la fortune immense,
Le titre pompeux et flatteur,
Le doux éclat de la puissance,
Il veut l'étoile de l'honneur.

Il soupire après les hommages
Qu'appelle un mérite éclatant;

Il aspire aux nobles suffrages,
Fruits des vertus et des talents ;
Jetant son envieuse œillade
Sur d'honorables sommités,
Il voudrait être la pléïade
Qu'on admire dans les cités.

Lorsqu'enfin la triste vieillesse
Sur nous épanche ses frimas,
Vers le chemin de la sagesse
La raison vient guider nos pas ;
Dans un lointain on voit l'image
D'une étoile dont la splendeur,
Dirigea le fidèle Mage
Vers l'asile d'un Dieu sauveur.

LES CHEMINS DE FER.

Combien des hommes le génie
Étale à nos yeux de splendeur!
On voit surtout dans l'industrie
Éclater sa brillante ardeur;
Devant cette locomotive
Que l'onde en vapeur fait mouvoir,
Nous rêvons à la source vive
Qui fait jaillir tant de pouvoir.

Ainsi qu'une propice artère
Sur nos heureux chemins de fer,
Le wagon si rapide affère
Les produits du sol, de la mer;
Il va répartir sur nos plages
Les biens qu'un sort capricieux
Réservait à certains rivages,
Au préjudice d'autres lieux.

Quand à nos rives surabonde
Le fruit de nos arts précieux,
Le wagon, en veine féconde,
Vient l'absorber pour d'autres lieux;
Il fait pleuvoir du numéraire
Chez nous le trésor éclatant,
Ainsi le bonheur sur la terre
Se dissémine également.

Oui, le wagon est admirable,
En volant au chemin de fer,

C'est l'hirondelle infatigable,

C'est la lumière, c'est l'éclair ;

Dans un instant le monde arrive

A ce but chéri qu'il rêva ;

Mais un jour à la sombre rive

Un wagon fatal lancera.

LES OMNIBUS.

Un omnibus est à mes yeux
Une voiture fort commode,
On la voit surgir en tous lieux,
Elle sera toujours de mode ;
On peut moyennant quelques sous
Tous les jours y trouver sa place.
Si l'on y voit quelques gens souls
On y trouve aussi mainte grâce.

15

De ce véhicule charmant
L'usage s'offre à tout le monde,
On peut trouver assurément
D'autres omnibus à la ronde ;
La femme, dont le cœur banal
A tout jeune dandys se donne
Est un omnibus infernal
Qui ne fut loué de personne.

Tous nos parasites fameux,
Amis importuns de la table,
Emblêmes du fruit ennuyeux
De la bardane détestable ;
Oui, nos faméliques abjects,
Aspirant à chaque cuisine,
Sont des omnibus sans attraits,
Des omnibus à triste mine.

Vous qui sûtes à maints drapeaux,
En signalant votre inconstance,

Vous rallier fort à propos
En riant de la médisance,
Vous êtes des ambitieux
Cédant aux bruits favorables
Vous serez toujours à mes yeux
Des omnibus fort méprisables.

Si l'omnibus tire son nom
De ses bienfaits pour tout le monde,
Nous devons nommer sans façon
Omnibus la vertu féconde,
La vertu des cœurs généreux,
Où brille la philanthropie,
Où brillent les plus nobles feux :
L'amour sacré de la patrie.

LA POMPE HYDRAULIQUE.

En voyant la pompe aspirante
Faire le vide en un moment,
Jeter une onde bienfaisante
Dans un vaste récipient,
Je songe à des causes nombreuses
Qui font des vides peu flatteurs
Au gré de passions fâcheuses,
Dans les goussets et dans les cœurs.

Au triste chemin de la vie,
On rencontre, hélas! bien souvent,
Des intrigants dont l'industrie
Vient soutirer l'or et l'argent.
Pourvus d'une âme trop cupide,
Dans le gousset trop complaisant,
Adroitement ils font le vide,
Ils aspirent bien lestement.

Dans l'âge heureux de la jeunesse,
On cimente des liaisons
Où l'harmonie enchanteresse
Vient jeter ses divins rayons;
On goûte le bonheur suprême;
Mais bientôt l'horrible froideur,
Effaçant les objets qu'on aime,
Appelle un vide au fond du cœur.

Il est encore bien des vides
Qui laissent de tristes effets:

Sous le pouvoir d'agents perfides
L'âme perd ses brillants attraits;
L'esprit malin viendra sans cesse
Du cœur aspirer les beaux feux,
La candeur, la noble sagesse,
En ne laissant qu'un vide affreux.

Eloignons les pompes fâcheuses
Que vint élaborer Satan;
Auprès des âmes vertueuses
Allons chercher l'enseignement;
Qu'une religion chérie
Vienne soutirer de nos cœurs
Tous les rêves de la folie,
Rêves séducteurs, mais trompeurs.

LA FLEUR DU LYS.

Combien j'aime la fleur de lys
Qui, sur la tige gracieuse,
Etale aux regards éblouis
Une blancheur délicieuse ;
J'aime à voir le doux incarnat
De cette corolle divine,
Qui vient marier son éclat
A l'or charmant de l'étamine.

Avec plaisir, avec bonheur
Sur un pétale qui m'enchante,
Je vais respirer cette odeur
En flots suaves jaillissante;
Je la compare à ces torrents
Que roulait la pure ambroisie,
Au sein des repas séduisants
Qui des dieux enchantaient la vie.

En emblèmes délicieux
Sur une éclatante bannière,
On mit longtemps devant nos yeux
Cette fleur à des cœurs bien chère.
Tout passe bien rapidement
Devant la fortune légère;
La fleur du lys dans ce moment
Sur nos drapeaux saurait déplaire.

Pour allécher de fiers soldats,
Pour les consoler de l'absence

D'un héros éclatant d'appas
Qui fit la gloire de la France,
On leur donna la fleur de lys,
Décoration éphémère
Qui ne sut pas trouver d'amis
Dans la phalange noble et fière.

Bien souvent l'insecte fâcheux,
Au sein du gracieux calice,
Vient offrir son aspect hideux
En détruisant notre délice;
De même, on a vu bien des fois
Le courtisan vain, méprisable,
Aller sous les lys d'anciens rois
Chercher un abri favorable.

LES VAPEURS.

Sous les rayons d'un beau matin,
La vapeur flotte à l'atmosphère,
Et sur le rivage lointain
Roule en nuage salutaire;
Ce nuage sur nos guérets
Epanche une féconde pluie,
Fait découler mille bienfaits
Dans les champs et dans la prairie.

Combien de propices vapeurs,
Au vaste champ de l'industrie,
Pour alléger d'heureux labeurs,
Fécondent le noble génie !
Elles font voler promptement
An sein de l'onde et sur la terre ;
Elles deviennent l'instrument
De l'œuvre la plus salutaire.

Il est des esprits vaporeux
Qui vont propager dans le monde
Des principes bien dangereux,
Devant lesquels l'orage gronde ;
Ils roulent un sombre penser,
Se bercent d'un rêve exécrable :
Ils sont tous prêts à nous lancer
Dans un abîme épouvantable.

J'aime à voir le bon ouvrier
Dont les soucis font le cortége,

Dans la bouteille aller noyer
Le triste penser qui l'assiége ;
Au sein des bachiques vapeurs,
Comme au sein du plus beau mirage,
Il voit les plus belles couleurs,
Du vrai bonheur la fleur, l'ombrage.

Ah ! puissent les nobles vertus,
L'honneur pur, la raison suave,
Dans leurs chemins trop peu battus,
Nous guider sans aucune entrave;
Puisse à jamais une vapeur,
Au gré d'un beau feu mener vite
Vers le séjour du vrai bonheur
Qui suit la plus belle conduite !

LES BATEAUX.

Quand je vois nos légers bateaux
Sillonner les flots de la Loire,
A l'instant mille objets nouveaux
Vont se croiser dans ma mémoire;
Je songe à tout le genre humain,
Qui vogue au fleuve de la vie,
Et qui dans un vol incertain
A divers bateaux se confie.

Damon, à l'âge de vingt ans,
Rêve le plaisir, la tendresse;
Il voit les charmes ravissants
De la plus gentille maîtresse;
Voulant moissonner chaque jour
Des voluptés la douce rose,
Dans le riant bateau d'amour
En volage amant il se pose.

Le bateau de l'ambition
Vient prêter sa flatteuse voile
Aux gens dont la folle raison
Ne voit qu'une sublime étoile;
Ce bateau mène au champ de l'or,
Au pouvoir, aux titres suaves;
Devant lui le port le plus beau
Se hérisse de mille entraves.

Il est un aimable bateau,
Où la vertu, l'honneur appelle;

Devant lui le sort le plus beau
Attend l'homme au devoir fidèle;
Plus d'un nuage ténébreux
Sur lui fait gronder les orages;
Mais une brise au souffle heureux,
Le conduit aux plus beaux rivages.

La mort, dans un triste bateau,
Reçoit au déclin de la vie
L'homme qui n'a pour son tombeau
Qu'un regard de mélancolie;
Ce bateau mène des heureux
Au sein d'un brillant Elysée,
En des bosquets délicieux
Où du bonheur pleut la rosée.

LE POMMIER D'AMOUR.

Dans une île fort gracieuse,
Ile consacrée à l'amour,
Tous les jours la foule nombreuse
Allait faire un heureux séjour;
Là s'élevait un arbre aimable,
Dont le fruit suave, enchanteur,
Faisait éclore un feu durable,
Un amour pur au fond du cœur.

L'amant dont une belle fière
En vain faisait battre le cœur,
Pour dompter l'humeur trop sévère,
Allait trouver l'arbre enchanteur ;
Il savait du fruit délectable
Faire une ample provision,
Que son tendron frais, adorable,
Recevait en amoureux don.

Elise qu'un saint mariage
Unissait au jeune Damon,
Voyait souvent plus d'un nuage
Venir assombrir l'horizon ;
Elle redoutait l'inconstance
De l'époux qu'elle chérissait ;
Un fruit, sa divine espérance,
De noirs soucis la délivrait.

De la ravissante Glycère
Un barbon devenu l'époux,

16

Dans une liaison contraire
Ne moissonnait que des dégoûts;
Il allait dans l'île charmante
Demander à l'arbre enchanté
Le fruit dont la vertu constante
Fascinait l'œil de la beauté.

Cet arbre à jamais favorable
Pour nous consoler n'est plus là,
Dans une tempête effroyable
Un autan le déracina;
Aujourd'hui peu d'amours fidèles,
Aujourd'hui peu de vrai bonheur;
En tous lieux on verra des belles,
Mais peu de feux d'un tendre cœur.

LA CHARITÉ.

Point de haine pour le prochain,
Il faut qu'à tous moments on l'aime;
Jésus, dans son livre divin,
Oui, Jésus le prescrit même.
Pour tous les Saints la charité
Fut une loi sacrée et chère;
Sur les maux de l'humanité
Versons un baume salutaire.

Songeons au vieillard malheureux
Que vont désoler l'indigence,
L'infirmité, les maux affreux
Et la cruelle indifférence ;
Sachons éloigner de ses pas
Plus d'une épine déchirante,
Et jetons au seuil du trépas
Pour lui quelque rose charmante.

A la veuve qu'implore en vain
Dans la cabane solitaire
Son enfant sans habit, sans pain,
Sans bois contre un froid délétère,
Montrons le zèle généreux
D'une pure philanthropie,
Allons du groupe malheureux
Sécher les pleurs, charmer la vie.

Regardez ce pauvre orphelin
En proie à la mélancolie ;

En but au plus cruel destin,
Il croit qu'un monde froid l'oublie;
Faisons briller la charité
Devant la misère touchante;
Appelons chez lui la gaîté
Et l'espérance consolante.

Sachons protéger fièrement
La vertu pure qu'on outrage;
Vengeons le mérite éclatant
En butte à la haine, à la rage;
Brisons tous avec loyauté
Les armes de la perfidie;
Ecrasons la méchanceté
Qui va lancer la calomnie.

LA HAINE.

Ah ! quelle vile passion!
Comme elle vient salir une âme,
Cette haine qui d'un brandon
Vient jeter la hideuse flamme !
Enfant de la cruelle envie,
Ou de l'orgueil intolérable,
Dans les liens de la folie
Elle enchaîne un cœur exécrable.

Aux mains de l'homme furieux
La haine met de la vengeance
Le suc perfide, vénéneux,
Le stylet, le poignard, la lance;
Elle rêve des scélérats
Tous les crimes épouvantables;
Elle ne trouve des appas
Que dans les meurtres effroyables.

Je la vois éclater souvent
Dans une lutte électorale;
Dans l'arène où le cœur brûlant
Aspire à la charge honorable;
Autour de ce vieillard mourant
Dont l'héritage confortable
Doit verser l'or très largement,
La haine surgit effroyable.

Rien de son feu pernicieux
N'éteindra la flamme terrible;

Rien de son trait perfide, affreux,
N'émoussera la pointe horrible;
L'aspect d'un malheureux vieillard,
L'aspect séduisant d'une femme,
Un cœur bien pur, viérge, sans fard,
Rien n'éteint la hideuse flamme.

Songez ô cœurs ambitieux,
Que toujours la haine domine,
Qu'un Dieu sévère dans les cieux
A chaque instant vous examine.
Songez, songez qu'à ses bourreaux,
Jésus sut, en Dieu tutélaire,
En oubliant ses cruels maux,
Donner un pardon bien sincère.

LE JEÛNE.

Il faut jeûner, Dieu nous l'ordonne;
Tout le genre humain est pécheur;
Jeûnons afin qu'on nous pardonne,
Afin d'épurer notre cœur.
On jeûne au sein de chaque plage,
On le fit au berceau des ans;
Je vois consacré cet usage
Chez les Juifs, chez les musulmans.

Le jeûne ordonné par l'Eglise,
Et que l'hygiène prescrit
Est un principe de Moïse,
Est une loi de Jésus-Christ;
Les Apôtres, tous les saints Pères,
A de longs jeûnes se livraient;
Des anachorètes sévères
Dans la Thébaïde jeûnaient.

En refroidissant l'énergie,
Le jeûne éteint la passion;
Il pose devant la folie
Les lumières de la raison;
Comme le sage Pythagore
Boudha, pour empêcher le mal,
Défend au peuple qui l'adore,
Défend le régime animal.

Il est une saison aimable
Où le sang très impétueux

Dispense à la fibre irritable
A nos organes trop de feux ;
Alors le jeûne est nécessaire ;
Le carême et le rhamadan
Ont un résultat salutaire
Chez le chrétien, le musulman.

O toi qui vis en sybarite,
Au sein des repas somptueux,
Où chaque met séduit, invite
Aux excès les plus dangereux ;
Jeûne souvent, je t'en supplie,
Fuis loin des plats trop succulents ;
Crains la terrible apoplexie
Et de la goutte les tourments.

L'ORGUEIL.

L'orgueil ne saurait jamais plaire,
C'est un des péchés capitaux;
Souvent il blessa l'humeur fière
Du prochain, de nobles rivaux;
Auprès de l'humble modestie
Qu'on voit briller de mille attraits,
Qui verse une pure ambroisie,
Il a de bien tristes reflets.

L'orgueil a pourtant son mérite,
Il a de brillants résultats;
C'est lui dont le feu nous excite
Au champ d'honneur, dans les combats;
Oui, chez le guerrier que la gloire
Couronna de lauriers pompeux,
Devant le char de la victoire,
De l'orgueil s'allumaient les feux.

Au sein de la chaire sublime,
De la tribune, du barreau,
L'orgueil ambitieux anime,
Fait jaillir le feu le plus beau;
Au sentier glorieux qui mène
Aux honneurs les plus séduisants,
L'orgueil, en émoussant la peine,
Fait voler aux succès brillants.

Souvent chez l'homme populaire
Où l'on croit de la liberté

Voir briller l'amour si prospère
Qu'imprègne un arome enchanté,
Dans les cœurs où de la patrie
On signale un amour constant,
Oui, souvent l'orgueilleuse envie
Vient jeter son rayon brûlant.

O vous que l'orgueil seul anime,
Quand vous servez l'humanité,
Ayez donc un motif sublime,
Songez à la divinité;
Dédaignez l'éclat éphémère,
Des grandeurs voyez le néant;
Au ciel, avant tout, sachez plaire,
Lorsque vous êtes bienfaisant.

L'AVARICE.

———◦◦———

Un des vices les plus fâcheux,
Les plus hideux, c'est l'avarice;
Elle fait bien des malheureux,
Et fait couler peu de délice;
L'homme qui possède un trésor
Et n'en tire aucun avantage,
Qui ne jouit pas de son or,
De la misère offre l'image.

En vain Comus aux fins repas,

Au milieu de joyeux convives,

De l'avare appelle les pas,

Des ris montre les sources vives;

En vain le spectacle amusant

Et le voyage délectable

Signalent un charme attrayant,

Pour l'avare ils n'ont rien d'aimable.

L'avare voit sans nul émoi,

Sans amertume, sans tristesse,

Le mendiant mourant de froid,

Mourant de faim et de faiblesse;

Devant le triste dénûment,

La misère la plus horrible,

Devant le sort le plus navrant,

L'avare demeure insensible.

Au milieu des privations

L'homme pourrait jouir encore;

Il a des consolations,
Un monde environnant l'honore ;
Mais l'avare sent à jamais
Bien loin de lui s'enfuir l'estime,
On le met dans les rangs abjects,
Dans la classe la plus infime.

Au rang des péchés capitaux
L'avarice à jamais figure ;
Avare, en des chemins nouveaux,
Sache marcher d'une autre allure.
La Divinité jugera
Ton âme salement cupide :
Lorsqu'aux cieux elle paraîtra,
De noirs péchés qu'elle soit vide.

LA LUXURE.

Quoiqu'on en dise, la luxure
Est un vice des plus fâcheux,
En vain l'histoire nous assure
Qu'on la vit chez de nobles preux;
Elle énerve le corps et l'âme,
Semble donner une aile aux ans;
Dans les cœurs elle éteint la flamme
Des plus généreux sentiments.

Nous voyons bien des maladies
De la luxure découler,
Il est bien peu de phlegmasies
Que son feu ne vienne appeler;
Dans le crâne, dans la poitrine,
Dans les tissus de l'abdomen,
Trop souvent l'humeur libertine
Promène son influx malin.

Tous les jours dans l'économie,
Malgré tout l'art du médecin,
Du libertinage l'envie
Sème un poison américain;
En dépit de tous les iodes,
Du mercure, leur compagnon,
Ce virus mène aux antipodes,
Aux sombres bords du vieux Pluton.

Dans le cœur et l'intelligence,
La luxure vient constamment

Porter l'affreuse décadence,

Le ravage le plus navrant;

Oui, l'effréné libertinage

Fait pâlir bientôt les rayons

De la raison, noble apanage,

Et des sublimes passions.

Quel trouble jette la luxure!

Elle souille un cœur innocent,

Dégrade l'âme la plus pure,

Brise l'hymen le plus riant;

Elle indigne la raison sage,

Blesse l'aimable chasteté;

Avant tout le libertinage

Offense la divinité.

LA GOURMANDISE.

On a beau nous dire sans cesse
Que la gourmandise régna
Au sein de la haute noblesse,
Et du clergé qu'on vénéra;
On a beau la trouver admise
Au sein des meilleures maisons,
Je soutiens que la gourmandise
N'est pas un des péchés mignons.

Voyez quelle masse elle donne
Aux membres enfin languissants,
Sous quelle graisse elle emprisonne
Des muscles faibles, impuissants;
Voyez combien elle déforme
Le visage aux plus jolis traits,
Combien elle sait rendre énorme
L'abdomen, ce gouffre des mets.

L'amant de la gastronomie
Fait bientôt pâlir le flambeau
D'une raison très engourdie
Que seul réveille un bon morceau;
Une apathique intelligence
Chez lui jamais ne fait jaillir
Le noble feu de la science,
D'un esprit qui sait nous ravir.

Chez le gourmand, de l'égoïsme
Apparaît le tableau hideux,

Jamais le vrai patriotisme
Ne l'anima de ses beaux feux;
Son âme est froide, impitoyable,
Devant le pauvre travailleur,
Du prochain le sort déplorable
N'a jamais remué son cœur.

Le gourmand ne peut voir l'estime,
Ni l'amitié planer sur lui,
L'attribut de son âme infime
N'appelle que le triste ennui;
Sur le gourmand, d'un Dieu sévère
Toujours le regard s'abaissa;
Un jour, dans sa juste colère,
Un jour ce Dieu le punira.

LA MÉDISANCE.

La médisance est à mes yeux
Un des vices les plus coupables,
Elle va semer en tous lieux
Un venin des plus redoutables;
Rien n'échappe à ses vils cancans,
A sa cruelle perfidie,
Sur le mérite glorieux
Elle verse la calomnie.

265

Ainsi que l'être fabuleux
Qui portait le nom de harpie,
Sur les cœurs les plus généreux
On la verra jeter sa lie;
Comme l'insecte venimeux
Qui porte à nos fruits la ruine,
Oui, contre l'honneur radieux
Elle a son humeur assassine.

Rien ne l'arrête en son chemin,
Rien n'arrête sa perfidie;
Devant les soucis, les chagrins
Elle verse la calomnie;
En vain de ses cancans abjects
Sur l'enfant jaillit la misère,
Elle vient lancer à jamais,
Sans pitié, le fiel délétère.

Le médisant trouve ici-bas
Un châtiment bien nécessaire,

Il verra jeter sur ses pas
Les lacs d'un mépris qui l'enserre ;
On le fuira comme un serpent,
Comme la vipère terrible,
Comme l'animal dont la dent
Menace d'une rage horrible.

Il est un autre châtiment
Qu'appelle enfin la médisance,
Le vice qui va lâchement
Frapper dans l'ombre, dans l'absence;
Il est aux cieux un Dieu vengeur
Qui vient punir la médisance,
Qui sur le calomniateur
Fait tomber l'horrible souffrance.

LA COLÈRE.

Combien je hais cette colère
Qui vient effacer la raison,
Eteindre la flamme prospère
D'où jaillit un si beau rayon!
Oui, l'homme se métamorphose
En s'abandonnant au courroux,
Au rang des brutes il se pose,
Il est compté parmi les fous;

Quel ravage affreux la colère
Va porter dans le corps humain!
On a vu son feu délétère
Dans le tombeau jeter soudain.
Dans le crâne, dans la cervelle,
Dans la poitrine, l'abdomen,
Le feu de la colère appelle
La ruine, la triste fin.

Combien la colère est fatale
A l'homme qui la provoqua!
Trop souvent sa rage infernale
En coups horribles éclata;
Eteignant les feux de la vie
Dans le torrent du sang humain,
Elle présente la furie
Du tigre féroce, assassin.

Combien est surtout méprisable
L'homme qui se livre au courroux

Contre le vieillard respectable,

Et l'enfance au regard si doux!

Combien surtout, le monde abhorre

L'homme qui traite en furieux

Un sexe charmant qu'on adore,

Si digne d'un culte amoureux.

Homme fougueux, de la colère

Sachez donc arrêter enfin

La flamme souvent meurtrière,

Ne soyez pas votre assassin;

Voyez un Dieu qui sur la terre

Etait si bon, si bienfaisant,

Et dont le bras, un jour sévère,

Saura vous punir justement.

LA PARESSE.

———————

Non, je ne saurai pas me taire
Quand je verrai le paresseux,
De son âme je pourrai faire
Jaillir enfin quelques beaux feux;
Je me garderai bien de prendre
Un ton haineux, un ton malin;
Il ne saurait pas se défendre,
Il ne sait que ronger son frein.

Rien ne peut à sa léthargie
Arracher le vil paresseux,
En vain la fortune chérie
Ouvre ses trésors précieux ;
En vain tous les honneurs splendides
Et le pouvoir bien séduisant,
Eveillent ses regards stupides,
Toujours il demeure indolent.

A jamais l'affreux égoïsme
Vient dominer le paresseux,
Jamais chez lui du beau civisme
N'ont rayonné les divins feux ;
Il voit avec indifférence
Le pauvre sans habits, sans pain,
Il voit sans pitié la souffrance,
Les angoisses de l'orphelin.

En vain les arts et les sciences
Etalent de riants attraits,

Font voir le bien, la jouissance
Découlant de tous leurs bienfaits;
Le paresseux dans l'indolence
Aime à chercher la volupté;
Il redoute moins l'ignorance
Qu'une pénible activité.

Paresseux, fuyez l'apathie
Qui vous apporte son lien,
Fuyez, fuyez la léthargie
Qui vous offre un pavot malin;
Songez au mépris effroyable
Dont l'homme vous accablera,
Pensez au juge inexorable
Qui dans l'enfer vous plongera.

LE CHÈVREFEUILLE.

Que tu me plais, ô chèvrefeuille,
Qui porte en plusieurs saisons,
Même en celle où l'arbre s'effeuille,
Tant de fleurs que nous chérissons;
Dans ta vigueur qui nous enchante
Je vois le zèle consolant
De l'amitié la plus constante,
De l'être le plus bienfaisant.

18

Non, tu n'as pas l'éclat splendide

De nos incomparables fleurs,

De fleurs qu'au parterre d'Armide

Savaient trouver les amateurs;

Mais ta corolle fort aimable

Offre le rubis éclatant,

Un opale bien agréable,

Et du lys l'incarnat charmant.

Orgueil de la monogynie,

En volubilis enchanteur,

Tu fais sur une tige amie

Serpenter ta riante fleur;

Tu fais sur la tête du sage,

Sur le front de l'heureux amant,

Un berceau qui vers eux propage

L'arome le plus séduisant.

Oui, de ta guirlande chérie

S'exhale un parfum ravissant,

S'échappent des flots d'ambroisie
Qui nous versent l'enivrement.
Combien j'aime dans la campagne
Ces chèvrefeuilles attrayants,
Dont le parfum nous accompagne
Sous les rayons d'un beau printemps.

Ce doux parfum, notre délice,
Vient allumer rapidement
Des voluptés le feu propice,
Il plonge en un ravissement.
Je crois voir ton suave ombrage,
Arbrisseau qui charme nos yeux,
Former sur la tête du sage,
Un berceau divin, dans les cieux.

LE LAURIER-TIN.

O toi, viorne délectable,
Que l'on appelle laurier-tin,
Combien tu me parais aimable,
Tu fais l'orgueil de mon jardin;
Tout me charme dans ta nature,
De tes fleurs la blancheur, l'éclat,
Ton beau feuillage, ta verdure,
Qui des lauriers ont l'incarnat.

Ce que j'aime, ce que j'admire
En toi, c'est le constant labeur,
Un heureux zèle qui m'inspire
Le suffrage le plus flatteur;
Oui, tu sais enchanter la vue
Au sein de toutes les saisons,
Quand la nature est triste et nue
Ta feuille est là, nous l'admirons.

En toi je vois un brillant rôle,
Qui doit enchaîner les amours,
Ton éclat charmant nous console
Au milieu des plus sombres jours;
Quand je vois fondre sur la terre
La tristesse et les noirs frimas,
Ton feuillage et ta fleur bien chère
Etalent de riants appas.

Oui, j'aime ta fleur en ombelle,
J'aime l'éclat de sa blancheur,

Aux yeux charmés elle révèle
Le doux attrait de la candeur;
De sa corolle virginale,
Au sein du feuillage glacé,
Un arome très doux s'exhale
En flot lentement délaissé.

Non, tu n'es pas de la famille
Du laurier noble, si pompeux,
Dont la feuille en couronne brille,
Sur le front le plus glorieux;
Mais près de ton joli feuillage
Qui surgit en rideau flatteur,
Non loin de maint gentil visage
On pourrait trouver le bonheur.

COUPLETS.

———

Un neveu magnanime
Du grand Napoléon,
Relève en legs sublime
L'éclat du plus beau nom.
Acclamons une gloire
Bien chère aux cœurs français,
Un héros que l'histoire
Divinise à jamais.

Il sut de l'anarchie
Briser les vils projets,
Donner à sa patrie
Les doux fruits de la paix.
Acclamons, etc.

Si l'honneur de la France
L'appelle à des combats,
En noble intelligence
Il guide nos soldats.
Acclamons, etc.

Les champs de la Crimée,
Le sol italien,
Font de sa renommée
Vibrer l'écho lointain.
Acclamons, etc.

A Magenta l'histoire
A jamais conduira ;

Solférino de gloire

A jamais parlera.

Acclamons, etc.

C'est le brillant génie

Où d'un Napoléon

La splendeur s'irradie

En suave rayon.

Acclamons, etc.

C'est l'étoile prospère

Qui promet aux Français,

Tout l'éclat militaire,

Les beaux fruits de la paix.

Acclamons, etc.

Le feu de sa vaillance,

De sa noble fierté,

Aux soldats de la France

Est soudain reflété.

Acclamons, etc.

Oui, cette providence,

Posée en vrai héros,

Fait l'amour de la France,

L'effroi de nos rivaux.

Acclamons une gloire

Bien chère aux cœurs français,

Un héros que l'histoire

Divinise à jamais.

AU CAPITAINE F...

On a toujours aimé les fleurs,
Ornement du riant parterre,
Celles dont les nobles couleurs
A tous les regards savent plaire;
Il en est une qui surtout
Du bel éclat nous semble un type,
Cette fleur, qui sera partout
L'orgueil de Mars, est la tulipe.

Lorsqu'un F..... reçut le jour,
On dit qu'un propice génie,
Entre deux beaux objets d'amour
Sut percevoir l'analogie;
Il voulut qu'on donnât le nom
De Latulipe à ce jeune être
Dont l'attrait, le cœur, la raison,
Si noblement devaient paraître.

A vingt-un ans sous les drapeaux
F..... courut à la victoire;
Il brûlait des feux les plus beaux,
D'un amour qui mène à la gloire;
Dans les rangs du simple soldat
Et de l'officier magnanime,
Il sut jeter un bel éclat,
Déployer une ardeur sublime.

Qu'on aime à voir sa croix d'honneur
Flotter en glorieux insigne,

En nous révélant la splendeur
De la conduite la plus digne!
Ce Chalonnais, ce noble preux,
Sut exhaler en ambroisie
Un parfum de cœur généreux,
D'honneur pur, de philanthropie.

A ses parents, à ses amis,
Il consacre le plus beau zèle;
A son devoir, à son pays,
Toujours, toujours il est fidèle;
Ah! puissions-nous voir à jamais
La santé la plus florissante,
Faire éclater en doux reflets
Un dévouement qui nous enchante.

JEAN-BAPTISTE.

———

On m'a donné le nom de Jean,
Il sait me plaire comme un autre;
Je le trouve dans chaque rang,
Il fut celui d'un bon apôtre;
On dit tous les jours que ce nom,
Au sein du nébuleux ménage,
Sur le front du mari trop bon,
Va s'imprimer en triste gage.

Je n'aurai jamais la splendeur
Du Jean qui portait la couronne,
Ni de ces Rousseau dont l'honneur
Avec tant de charmes rayonne ;
En moi l'on ne verra jamais
Ces Jean dont la mémoire est chère,
Jean de Paris, Jean de Calais,
Je ne suis qu'un Jean très vulgaire.

Bien différent de mon patron,
Dont les vertus étaient si belles,
Du miel j'aime peu le rayon,
J'aime encor moins les sauterelles ;
Mon habit n'a rien des chameaux,
Mais je vois un âge précoce,
Venir me planter sur le dos
Du chameau la hideuse bosse.

Peu semblable au Montmorency
Qu'on nomma Chien, Jean de Nivelle,

Devant nectar et fin rôti,
Je ne fuis pas quand on m'appelle;
Les plaisirs me charmèrent tous,
J'aimai femmes, vin, gibier, sucre;
J'offre un caractère fort doux,
Sans jamais paraître un Jean-Sucre.

Je ne suis pas ambitieux,
Jamais la gloire ne me tente;
Je ris des éloges pompeux
Que rêve plus d'une âme ardente;
J'aime ce Jean qui sans façon,
A sa tombe, en phrase lisible,
Fit mettre : Ci-gît un Jean bon
Dont le sel ne fut pas nuisible.

LE CHATEAU DE GLOIRE.

Un manoir des plus séduisants
Domine le sol de Chalonne ;
Des attraits les plus ravissants,
Un vaste horizon l'environne ;
De cet enclos délicieux
Le regard flotte sur la Loire,
Sur les champs les plus gracieux,
Ce gai manoir est nommé Gloire.

19

Dans le plus fertile jardin

S'élèvent de riants ombrages;

Là tout vient retracer l'Eden

Et fait l'orgueil de nos rivages;

Flore et Pomone, en ce séjour,

Signalent un pouvoir notoire;

On y voit briller chaque jour,

Oui, chaque jour bonheur et gloire.

Outre le charme précieux

Des fleurs, des fruits les plus aimables,

On a le parfum, dans ces lieux,

Des arômes les plus agréables

L'attrait de l'esprit et du cœur

Y vient dissiper l'humeur noire,

Oui, dans cet asile enchanteur,

On voit s'unir amour et gloire.

Au sein du lieu le plus brillant,

On perçoit la douce ambroisie

De l'esprit le plus bienfaisant,
D'une âme incessamment chérie;
On voit de nobles sentiments
Qu'on vénère au bord de la Loire,
Qui font dire en tous les moments :
Là, nous voyons honneur et gloire.

Oui, devant l'or de ce raisin,
Source du vin le plus aimable,
L'âme rêve au séjour divin
Du plaisir le plus agréable;
Mais devant ces cœurs généreux,
Acclamés aux bords de la Loire,
L'œil enchanté voit dans ces lieux,
Voit soudain le temple de gloire.

LA CHANSONNETTE.

———

J'aime la chansonnette,
Qui, sur un air joyeux,
Fait de l'âme inquiète
S'enfuir les tristes feux ;
Dans nos cœurs elle ingère,
Comme un léthé chéri,
Une onde salutaire,
Un consolant oubli.

Au sein de la veillée,
Devant les chants heureux,
Que l'âme est égayée,
Qu'elle a d'aimables feux!
Lise, qui nous enchante,
Relève ses attraits
Par une voix touchante,
Où l'âme a ses reflets.

Rosine, au vert bocage,
En paissant les brebis,
Sous le riant feuillage
A des accents jolis;
Dans une chansonnette
Elle puise souvent,
D'une flamme parfaite
Le rêve séduisant.

Nos humbles prolétaires,
Au fond de l'atelier,

De peines bien amères
D'un souci journalier,
Dans la chanson légère,
Le couplet gracieux,
Trouvent l'oubli prospère,
Enfin ils sont heureux.

La gentille grisette,
Le soldat au bivac,
Le buveur en goguette,
Le marin au tillac,
Avec leur chansonnette,
Leur couplet fin, charmant,
A la gaîté complète
Se livrent aisément.

SUR LA NAISSANCE DE MLLE L...

Comme un oiseau charmant,
Un objet dans la haie
Apparaît séduisant.
Son aspect nous égaie,
Maint regard le couvant
Avec sollicitude,
Lui promet tendrement
De la béatitude.

Ce délicieux fruit
Aurait des Hespérides
Enflammé le dépit,
Près de cœurs intrépides ;
Devant ce fruit riant
On eût porté sans peine,
Près de l'horrible dent
L'audace herculéenne.

On voit des fruits charmants
Qui font tourner la tête,
Par des jus pétillants
Qu'au cellier on apprête ;
Ce fruit noble et nouveau
Dont j'aime la présence,
Sur le cœur, le cerveau,
Aura de l'influence.

On nous chante à jamais
Quelque pomme jolie,

La poire, des gourmets
Si tendrement chérie;
Mais ces beaux fruits vraiment
N'ont rien qui sachent plaire
Devant ce fruit riant,
Son charme héréditaire.

Ce fruit doux, enchanteur,
Doit offrir l'ambroisie,
La divine saveur,
Qu'offre l'âme ennoblie;
Oui, d'un généreux cœur
Et d'un esprit aimable
Jaillira le bonheur,
Le délice ineffable.

A EL... F.

———◆———

Toi pour qui la nature
De ses plus beaux présents
A comblé la mesure,
Accueille mon encens;
Tu verrais, je le gage,
Les plus nobles esprits
Te rendre un culte sage,
Oui, dans tous les pays.

S'il existe un rivage
Où la foule, en païens,
Offre encor son hommage
Aux dieux olympiens,
Là, tu seras la grâce
Aux plus aimables traits,
La beauté du Parnasse,
La muse aux doux attraits.

Au barde scandinave
Tu paraîtrais soudain
Le prix qu'Odin au brave
Vient décerner enfin;
L'ami de Zoroastre,
En un climat brûlant,
Chez toi verrait d'un astre
L'emblême séduisant.

Au sein du vaste empire
Où Mahomet toujours

De mortels en délire
Enflamme les amours,
Oui, tu serais l'image
Des célestes houris;
Tu recevrais l'hommage
Des croyants éblouis.

En de lointaines plages,
Où le monde chrétien
A dès soupirs bien sages
Pour l'être surhumain,
En ange qu'on adore,
Oui, tu resplendirais;
Vers toi l'encens encore
Jaillirait à jamais.

QUELQUES IDÉES RELIGIEUSES.

Au sein de la Judée
On posa sur l'autel,
Des signes où l'idée
Vit le péché mortel;
Saint Jean avec tendresse
Aux rives du Jourdain,
Appelait à confesse
L'homme aux péchés enclin.

A faire pénitence
Un Verbe surhumain,
Jésus avec instance
N'invita pas en vain ;
A chaque apôtre il donne
Le pouvoir bien heureux
D'absoudre la personne,
Après d'humbles aveux.

Un envoyé sincère,
Un apôtre divin,
Saint Jean en digne père,
Confesse le chrétien ;
De remettre les fautes
Il donne le pouvoir,
A des âmes dévotes
Que guide un beau savoir.

Pour fêter la sortie
Devant l'Egyptien,

Chaque Juif se rallie,
Fait la Pâque en festin;
Quand Jésus, au Calvaire,
Eut subi le trépas,
Des mortels qu'on révère
Ne l'oublièrent pas.

Ils reçurent l'hostie
Au gré d'un Dieu si bon;
Ce Dieu veut qu'on n'oublie
Jamais sa Passion;
L'Apôtre et le saint Père
Dans le pain consacré,
Voient le Dieu tutélaire
Qui doit être adoré.

Dieu qui sait donner l'âme,
Donner le Saint-Esprit,
Multiplier la flamme
Qui noblement régit;

Il peut bien, je le pense.

Multiplier enfin,

L'âme, l'intelligence,

De l'être surhumain.

COUPLETS.

———

Lorsque je quittai mon pays
Pour aller faire au loin la guerre,
Je vous pleurais, mes chers amis,
Tendres parents, humble chaumière;
J'abandonnais avec douleur
Mes champs, mes brebis, ma houlette,
Mais ce qui déchirait mon cœur
C'était de laisser ma Nannette.

20

D'un fusil, fatal instrument,
Quand je vis mon épaule armée,
Là, me disais-je, en soupirant,
Là s'appuyait ma bien-aimée ;
Quand je mis le sabre au côté,
Je voyais encor ma houlette ;
Et je disais l'œil attristé :
Ce côté pressait ma Nannette.

Après maint combat meurtrier,
Funeste à l'armée ennemie,
Je fus caporal et fourier,
Puis sergent de la compagnie ;
Des galons qui paraient mon bras,
Oui mon âme était satisfaite ;
Mais ces galons ne valaient pas
Le joli bras de ma Nannette.

Au bivac, au champ de l'honneur,
Lorsque j'étais en sentinelle,

Je rêvais encore au bonheur
Qui m'enivrait près de ma belle;
Devant le camp des ennemis
Dont nous préparions la défaite,
Je songeais aux lieux où je vis
Mon amour dompter ma Nannette.

Enfin je revins des combats
Avec la croix et l'épaulette;
Comb'en j'accélérais mes pas
En allant vers ma bergerette !
Je retrouvai tout son amour;
Mon allégresse fut parfaite;
Sans nulle entrave à mon retour,
J'obtins la main de ma Nannette.

FIN

TABLE.

FIN DE LA TABLE.

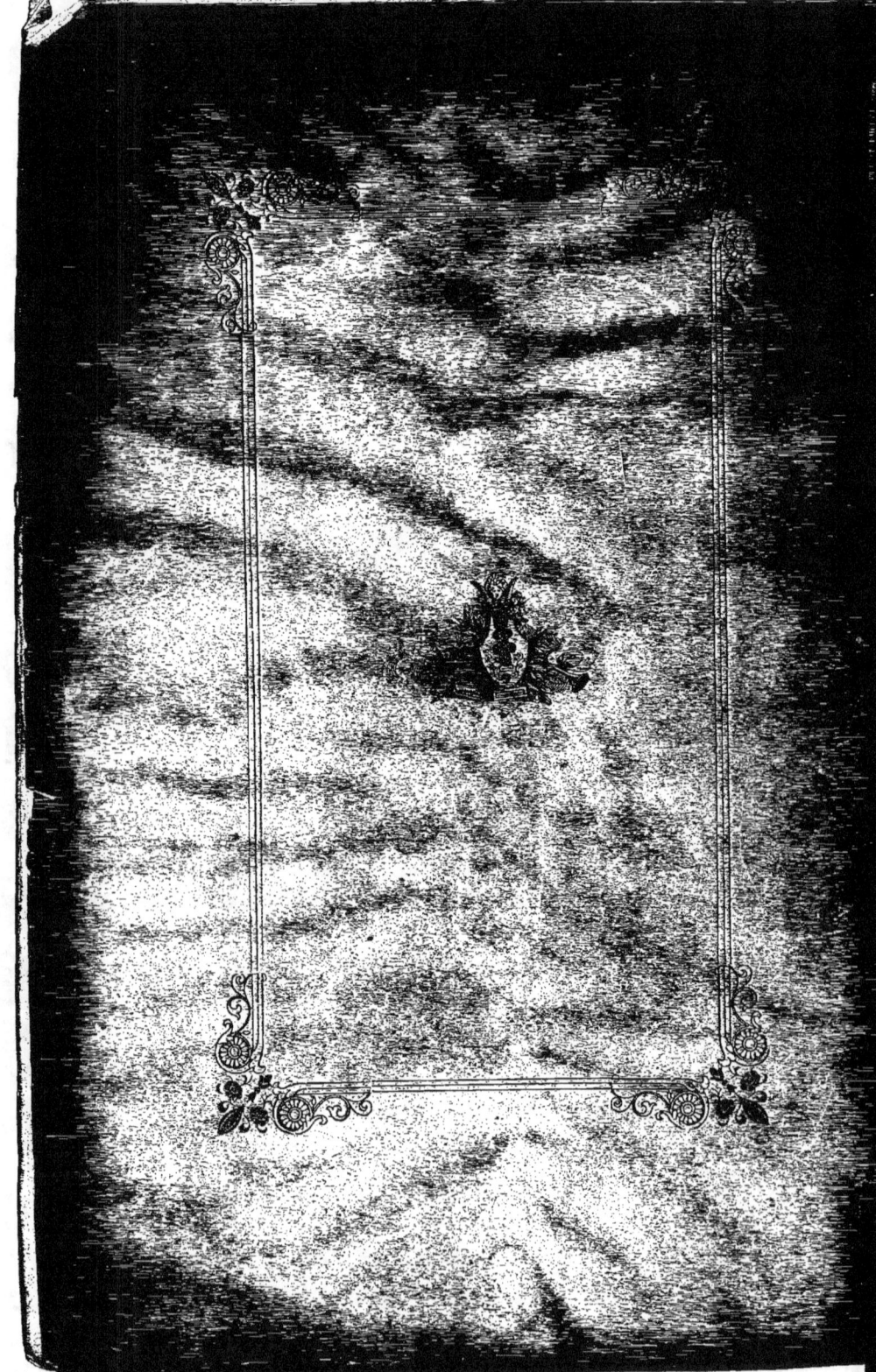

www.ingramcontent.com/pod-product-compliance
Lightning Source LLC
Chambersburg PA
CBHW072106020726
47501CB00003B/723